ग्यारह कहानियाँ

सूर्यकान्त त्रिपाठी
'निराला'

प्रभाकर प्रकाशन

ISBN: 978-93-5682-165-1

eISBN: 978-93-5682-164-4

© प्रकाशकाधीन

प्रकाशक: प्रभाकर प्रकाशन

प्लॉट नं.–55, मेन मदर डेयरी रोड

पांडव नगर, ईस्ट दिल्ली–110092

फोन: 011–40395855

व्हाट्स ऐप: +91 9319228272

ई-मेल: sales@pharosbooks.in

वेबसाइट: www.prabhakarprakashan.com

संस्करण: 2023

ग्यारह कहानियाँ
सूर्यकान्त त्रिपाठी 'निराला'

प्रकाशकीय

सूर्यकान्त त्रिपाठी 'निराला' छायावाद युग के ऐसे महान कवि, रचनाकार हैं, जिसने अपनी रचनाओं और कविताओं से युग-युगान्तर तक पाठकों पर अपनी छाप छोड़ी है। वे अपने निराले स्वभाव और निराली रचनाओं के रचयिता होने के कारण 'निराला' कहलाए। महाकवि सूर्यकान्त त्रिपाठी अपने उपनाम की तरह वास्तव में निराले थे। उनकी कविताओं और रचनाओं में नवजागरण का संदेश एवं प्रगतिशील चेतना देखने को मिलती है। इस पुस्तक में हमने उनकी रचित कहानियों को संग्रहित किया है, प्रत्येक रचना इतनी मनोरम है कि पाठक के लिए धारा-प्रवाह का कार्य करती है। निराला जी शोषण के विरोधी हैं इसलिए उनकी रचनाएँ–दीन-दुखियों, शोषकों, साम्राज्यवादियों एवं पूँजीपतियों के लिए उनके आक्रोश को प्रदर्शित करतीं हैं।

विषय-सूची

ज्योतिर्मयी

"**मा**नती रहें, चूँकि आप ही लोगों ने, आप ही के बनाये हुए शास्त्रों ने, जो हमारे प्रतिकूल हैं, हमें जबरन गुलाम बना रखा है; कोई चारा भी तो नहीं–कैसी बात है!" कमल की पंखुड़ियों-सी उज्ज्वल बड़ी-बड़ी आँखों से देखती हुई, एक सत्रह साल की, रूप की चंद्रिका, भरी हुई युवती ने कहा।

"नहीं, पतिव्रता पत्नी तमाम जीवन तपस्या करने के पश्चात् परलोक में अपने पति से मिलती है।" सहज स्वर से कहकर युवक निरीक्षक की दृष्टि से युवती को देखने लगा।

युवती मुस्करायी–तमाम चेहरे पर सुर्खी दौड़ गयी। सुकुमार गुलाब के दलों-से लाल-लाल होंठ ज़रा बड़े, मर्मरोज्ज्वल मुख पर प्रसन्न-कौतुकपूर्ण एक ज्योतिशचक्र खोलकर यथास्थान आ गये।

"वाक्ये का दरिद्रता!" युवती मुस्कराती हुई बोली–"अच्छा बतलाइये तो, यदि पहले ब्याही स्त्री इसी तरह स्वर्ग में अपने पूज्यपाद पति-देवता की प्रतीक्षा करती हो, और पतिदेव क्रमशः दूसरी, तीसरी, चौथी पत्नियों को मार-मारकर प्रतीक्षार्थ स्वर्ग भेजते रहें, तो ख़ुद मरकर किसके पास पहुँचेंगे?" युवती खिलखिला दी।

युवक का चेहरा उतर गया।

"आपने इस साल एम.ए. पास किया है, और अंग्रेजी में। वहाँ पतिव्रता स्त्रियों की शायद पत्नीव्रत पुरुषों से ज्यादा जीवनियाँ आपने याद कीं!" युवती ने वार किया।

युवक बड़े भाई के ससुराल गया था। युवती उसी की विधवा छोटी साली है।

"आपने कहाँ तक पढ़ा है?" युवक ने जानना चाहा।

“सिर्फ़ हिन्दी और थोड़ी-सी संस्कृत जानती हूँ।” डब्बे को नज़दीक लेकर युवती पान लगाने लगी।

“मैं इतना ही कहता हूँ, आपके विचार समाज के तिनके के लिए आग हैं।” ताज्जुब की निगाह से देखते हुए युवक ने कहा।

“लेकिन मेरे भी हृदय के मोम के पुतले को गलाकर बहा देने, मुझसे जुदा कर देने के लिए समाज आग है, साथ-साथ यह भी कहिए।” उँगली चूनादानी में, बड़ी-बड़ी आँखों की तेज़ निगाह युवक की तरफ़ फेरकर युवती ने कहा—“मैं बारह साल की थी, ससुराल नहीं गयी, जानती भी नहीं, पति कैसे थे, और विधवा हो गयी!” कई बूँद आँसू कपोलों से बहकर युवती की जाँघ पर गिरे। आँचल से आँखें पोंछ लीं, पान लगाने लगी।

“तम्बाकू खाते हैं आप?” युवती ने पूछा।

“नहीं।” युवक के दिल में सन्नाटा था। इतनी बड़ी, इतने आश्चर्य की, इतनी ख़तरनाक बात आज तक किसी विधवा युवती की जुबान से उसने नहीं सुनी। वह जानता था, यह सब अख़बारों का आन्दोलन है। इस तरह की कल्पना भी उसने कभी नहीं की। कारण, वह कान्यकुब्जों के एक श्रेष्ठ कुल में पैदा हुआ था। युवती की बातों से घबरा गया।

“लीजिए।” युवती ने कई बीड़े दिये।

“आप बुरा मत मानियेगा, मैं आपको देख रही थी कि आप कितने दर्दमन्द हैं!” युवती ने साधारण आवाज़ में कहा।

युवक ने पान ले लिये, पर लिये ही बैठा रहा। “खाइये”, युवती ने कहा—“आपसे एक बात पूछूँ?”

“पूछिए।”

“अगर आपसे कोई विधवा विवाह करने के लिए कहे?” युवती मुस्करायी।

“मैं नहीं जानता, यह तो पिता जी के हाथ की बात है।” युवक झेंप गया।

“अगर पिता जी की जगह आप ही अपने मुख़्तार आप होते?”

संकुचित होकर, फिर हिम्मत बाँधकर युवक ने कहा—“मुझे विधवा-विवाह करते हुए लाज लगती है।”

युवती, मनोभावों को दबाकर, छलछलायी आँखें चुप रही। एक बार उसी तरह युवक को देखा, फिर मस्तक झुका लिया।

दूसरे दिन युवक घर चलने लगा। मकान की जेठी स्त्रियों के पैर छुए। इधर-उधर आँखें युवती की तलाश करती रहीं। वह न मिली। युवक दो मंजिले से नीचे उतरा। देखा, दरवाज़े के पास खड़ी वह उसी की राह देख रही है। युवक ने कहा–"आज्ञा दीजिए, अब जा रहा हूँ।" हाथ जोड़कर युवती ने प्रणाम किया। एक पत्र युवक को देकर कहा–"जल्द दर्शन दीजिएगा।" युवक के हृदय में एक अज्ञात प्रसन्नता की लहर उठी। उसने देखा, नीली पलकों के पंखों से युवती की आँखें अप्सराओं-सी आकाश की ओर उड़ जाना चाहती हैं, जहाँ स्नेह के कल्प-वसन्त में मदन और रति नित्य मिले हैं, जहाँ किसी भी प्रकार की निष्ठुर शृंखला नवोन्मेष को झुका नहीं सकती, जहाँ प्रेम ही आँखों में मनोहर चित्र, कण्ठ में मधुर संगीत, हृदय में सत्यनिष्ठ भावना और रूप में खूबसूरत आग है।

युवक ने स्नेह के मधुर कण्ठ से, सहानुभूति की ध्वनि में कहा–"ज्योति!"

युवती निस्संकोच कुछ कदम आगे बढ़ गयी। युवक के बिलकुल नज़दीक, एक तरह सटकर, खड़ी हो गयी। सिर युवक की ठोढ़ी के पास, आँखें आँखों में मिली हुईं। वस्त्र के स्पर्श से शिराओं में एक ऐसी तरंग बह चली, जिसका अनुभव आज तक उनमें किसी को न हुआ था। अंगों से आनन्द के परमाणु निकलते रहे। आँखों में नशा छा गया।

"फिर कहूँगा।" युवक लजाकर चल दिया।

"याद रखिएगा–आपसे इतनी ही करबद्ध प्रार्थना..." युवक दृष्टि से ओझल हो गया।

"पिघलकर पत्थर भी उस पत्र को पढ़ने पर बह जाता है वीरेन!" विजय ने सहानुभूति के शब्दों में वीरेन से कहा।

"दिल के तुम इतने कमज़ोर हो। नष्ट होते हुए एक समाजक्लिष्ट जीवन का उद्धार तुम नहीं कर सकते विजय? तुम्हारी शिक्षा क्या तुम्हें पुरानी राह का सीधा-साधा एक लद्दू बैल करने के लिए हुई है?" वीरेन्द्र ने चिन्त्य भर्त्सना के शब्दों में कहा।

"पिता जी से कुछ बस नहीं वीरेन, उनके प्रतिकूल कोई आचरण मैं न कर सकूँगा। पर आजीवन–आजीवन मैं सोचूँगा कि दुर्बल समाज की सरिता से एक बहते हुए निष्पाप पुष्प का मैं उद्धार नहीं कर सका, ख़ासतौर से इसलिए कि मुझे उसने तैरना नहीं सिखलाया।"

"तुम्हें एक दूसरी सामाजिक शिक्षा से तैरना मालूम हो चुका है।"

"हाँ, हो चुका है, पर केवल तैरते रहना, फिर किनारे पर लगना नहीं; सब घाट हमारे समाज द्वारा अधिकृत हैं, और केवल तैरते रहना मनुष्य के लिए असम्भव है।"

"तुम कूल पर आ सकते हो।"

"पर उस फूल को लेकर नहीं, तब समाज के किसी भी घाट पर नहीं जा सकता, और केवल कूल इतना बीहड़ है कि मेरे थके हुए पैर वहाँ जम नहीं सकते, वहाँ दृष्टियों का ताप इतना प्रखर है कि वह फूल मुरझा जायेगा, मैं भी झुलस जाऊँगा।"

"तो सारांश यह कि तुम उस पावन-मूर्ति अबला का, जिसने तुम्हें बढ़कर प्यार किया–मित्र समझकर गुप्त हृदय की व्यथा प्रकट कर दी, उस देवी का समाज के पंक से उद्धार नहीं कर सकते?"

"देखो, मेरा हृदय अवश्य उसने छीन लिया है, पर शरीर पिता जी का है, वीरेन, मैं यहाँ दुर्बल हूँ।"

"कैसी वाहियात बात! कितनी बड़ी आत्मप्रवंचना है यह! विजय, हृदय शरीर से अलग भी है? जिसने तुम पर क्षणमात्र में विजय प्राप्त कर ली, उसने तुम्हारे शरीर को भी जीत लिया है। अब उसका तिरस्कार परोक्ष अपना ही है। समाज का धर्म तो उसके लिए भी था–क्या फूटे हुए बरतन की तरह वह भी समाज में एक तरफ़ निकालकर न रख दी जाती? क्या उसने यह सब नहीं सोच लिया?

"उसमें और-और तरह की भावनाएँ होंगी।"

"और-और तरह की भावनाएँ उसमें होतीं, तो वह तुम्हारे भाई के ससुराल वालों के सगर्व मुखों पर अच्छी तरह स्याही पोतकर अब तक कहीं चली गयी होती, समझे? वह समझदार है। और, तुम्हारे सामने जो इतना खुली है, इसका कारण काम नहीं, यथार्थ ही तुम्हें उसने प्यार किया है। अच्छा, उसका पता तो बताओ।"

वीरेन्द्र ने नोट-बुक निकालकर पता लिख लिया। फिर विजय से कहा–"तुम मेरे मित्र हो, वह मेरे मित्र की प्रेयसी है!"

दोनों एक-दूसरे को देखकर हँसने लगे।

इस घटना को कई महीने बीत चुके। अब भाई के ससुराल जाने की कल्पना-मात्र से विजय का कलेजा काँप उठता, संकोच की सदी तमाम अंगों को जकड़ लेती, संकल्प से उसे निरस्त हो जाना पड़ता है। उसकी यह हालत देख-देखकर वीरेन्द्र

मन-ही-मन पश्चात्ताप करता, पर तब से फिर किसी प्रकार की इच्छा-दबाव उस पर उसने नहीं डाला। विजय इलाहाबाद-यूनिवर्सिटी में रिसर्च-स्कॉलर है। वीरेन्द्र बी.ए. पास कर लेने के पश्चात् वहीं अपना कारोबार देखने में रहता है। वह इटावे के प्रसिद्ध रईस नागरमल-भीखमदास-फर्म के मालिक मंसाराम अग्रवाल का इकलौता लड़का है।

महीने के लगभग हुआ, वीरेन्द्र इटावे चला गया है, चलते समय विजय से विदा होकर गया था।

इधर भी, तीन-चार दिन हुए, घर से पत्र द्वारा विजय को बुलावा आया है। जिला उन्नाव, मौजा बीघापुर विजय की जन्म-भूमि है।

उसके पिता अच्छी साधारण स्थिति के मनुष्य हैं, माँझगाँव के मिश्र, कुलीन कान्यकुब्ज। विवाह अधिक दहेज के लोभ से उन्होंने रोक रखा था। अब तक जितने संबंध आये थे, तीन हज़ार से अधिक कोई नहीं दे रहा था। अब के एक संबंध आया हुआ है, उसकी तरफ़ विजय के पिता का विशेष झुकाव है। ये लोग मुरादाबाद के बाशिंदे हैं। पन्द्रह दिन पहले ही विजय की जन्म-पत्रिका ले गये थे। विवाह बनता है, इसलिए दुबारा पक्का कर लेने को कन्या-पक्ष से कोई आया हुआ है। विजय के पिता और चाचा मकान के भीतर आपस में सलाह करते हैं।

"दादा, लेकिन एक पै तो है, ये सनाढ्य ब्राह्मण हैं, ऐसा फिर न हो कि कहीं के भी न रहें।"

"तुम भी; मारो गोली; हमको रुपये से मतलब; हमारे पास रुपया है, तो भाई-बन्द, जात-बिरादरी वाले सब साले आवेंगे; नहीं तो कोई लोटे-भर पानी को न पूछेगा।"

"तो क्या राय है?"

"विवाह करो, और क्या?"

"सात हज़ार से आगे नहीं बढ़ता।"

"घर घेरे बैठा है, देखते नहीं? धीरे-धीरे दुहो; लेकिन शिकार न निकल जाय।"

"अब फँसा है, तो क्या निकलेगा।"

"डर कौन-बारात में घर के चार जन चले चलेंगे। कहेंगे, दूर है, ख़र्चा नहीं मिला।"

“वही ख़र्चा यहाँ करके खिला दिया जाय–है न?”

“ठीक है।”

“बस, यही ठीक है।”

विजय के पिता पं. गंगाधर मिश्र और चाचा पं. कृष्णशंकर रक्त-चन्दन का टीका लगाये, रुद्राक्ष की माला पहने, खड़ाऊँ खटपटाते दरवाज़े-चौपाल में, नेवाड़ के पलंग पर, धीर-गम्भीर मुद्रा से, सिर झुकाये हुए, आकर बैठ गये। एक मूँज की चारपाई पर कन्या-पक्ष के पं. सत्यनारायण शर्मा मिर्जई पहने, पगड़ी बाँधे बैठे हुए थे। मिश्र जी को देखकर पूछा–“तो क्या आज्ञा देते हैं मिश्र जी?”

पण्डित गंगाधर ने पं. कृष्णशंकर की ओर इशारा करके कहा–“बातचीत इनसे कीजिए। मकान-मालिक तो यह हैं।”

पं. सत्यनारायण ने पं. कृष्णशंकर की ओर देखा।

“बात यह है पण्डित जी कि दहेज बहुत कम मिल रहा है। आप सोचें कि अब तक सात-आठ हज़ार रुपया तो लड़के की पढ़ाई में ही लग चुका है। लखनऊ के वाजपेयी आये थे हमारा-उनका संबंध भी है, छ: हज़ार देते थे, पर हमने इनकार कर दिया। अब हमको ख़र्च भी पूरा न मिला, तो लड़के को पढ़ाकर हमने फ़ायदा क्या उठाया? इस संबंध में (इधर-उधर झाँककर) हमें कुछ मिला भी नहीं, तो इतना गिरकर...”

“अच्छा, तो कहिए, क्या चाहते हैं आप?”

“पन्द्रह हज़ार।”

“तब तो हमारे यहाँ बरतन भी साबित न रहेंगे।”

“अच्छा, तो आप कहिए।”

“नौ हज़ार लीजिए।”

“अच्छा, बारह हज़ार में पक्का।”

पं. सत्यनारायण अपनी अधारी सँभालने लगे।

“ग्यारह हज़ार देते हैं आप?” पं. कृष्णशंकर ने उभरकर पूछा।

“दस हज़ार, सही बताइए।”

“अच्छा, पक्का; मगर पाँच हज़ार पेशगी।”

पं. सत्यनारायण ने काग़ज़, स्टाम्प और हज़ार-हज़ार के पाँच नोट निकालकर कहा–"लीजिए, आप दोनों इसमें दस्तख़त कीजिए। पहले लिखिए पं. सत्यनारायण, मुरादाबाद की कन्या से श्रीयुत विजयकुमार मिश्र एम.ए. के विवाह-संबंध में जो दस हज़ार में मय गवहीं और गौने के ख़र्च के पक्का हुआ है, कन्या के पिता से पाँच हज़ार पेशगी नकद वसूल पाया, फिर स्टाम्प पर वल्दियत के साथ दस्तख़त कीजिए।"

पण्डित गंगाधर गद्गद हो गये। लिखा-पढ़ी हो गयी। विवाह का दिन स्थिर हो गया। तिलक चढ़ गया। तिलक के पहले समय तक विजय को ज्योतिर्मयी की याद आती रही। पर नवीन विवाह के प्रसंग से मन बँट गया। फिर धीरे-धीरे जैसा हुआ करता है, वह स्मृति भी चित्त के अतल-स्पर्श को चली गयी। अब विजय को उसके चरित्र पर रह-रहकर शंका होने लगी है। सोचता है, बुरा फँस गया था, बच गया। सच कहा है–'स्त्रियश्चरित्रं पुरुषस्य भाग्यं दैवो न जानाति कुतो मनुष्य:?'

अब नयी कल्पनाएँ उसके मस्तिष्क में उठने लगी हैं। एक अज्ञात, अपरिचित मुख को जैसे केवल कल्पना के बल से प्रत्यक्ष कर लेना चाहता है और इस चेष्टा में सुख भी कितना! इतना कभी उसे नहीं मिला। इस अज्ञात रहस्य में वह ज्योतिर्मयी की अम्लान छवि एक प्रकार भूल ही गया।

विजय ने विवाह के उत्सव में मिलने के लिए वीरेन्द्र को लिखा था, पर उसने उत्तर दिया कि 'मैं तो विजय का ही मित्र हूँ, किसी पराजय का नहीं, इस विवाह में मैं शरीक न हो सकूँगा।'

जैसा पहले से निश्चय था, जल्दबाज़ी का बहाना कर पं. गंगाधर ने जाने-जाने रिश्तेदारों को छोड़कर और किसी को न बुलाया। इसी कारण ज्योतिर्मयी के यहाँ निमन्त्रण न पहुँच सका। इधर भी जहाँ कहीं न्योता गया, वहाँ से कुछ ही लोग आये। कारण, सन्देह की हवा बह चुकी थी।

बारात चली! लखनऊ में वीरेन्द्र से विजय की मुलाक़ात हुई। वीरेन्द्र ने पूछा– "यार, तुम तो ज्योतिर्मयी को भूल ही गये, इतने गल गये इस विवाह में!"

"बात यह है कि इस तरह की स्त्रियाँ समाज के काम की नहीं होतीं।"

"अरे तुमने तो स्वर भी बदल दिया!"

"क्या किया जाय?"

"और जहाँ विवाह करने जा रहे हो, यही बड़ी सती-सावित्री निकलेगी, इसका क्या प्रमाण मिला है?"

"क्वाँरी और विधवा में फ़र्क़ है भाई!"

"यह मानता हूँ।"

"कुछ संस्कृति का भी ख़याल रखना चाहिए। संस्कृति से ही सन्तति अच्छी होती है।"

"अरे, तुम तो पूरे पण्डित हो गये!"

"अपने कुल का सबको ख़याल रहता है–केतहु काल कराल पर, पै मराल न ताकहिं तुच्छ तलैया।"

"अच्छा!"

"जी हाँ।"

"तब तो, जी चाहता है, तुम्हारे साथ मैं भी चलूँ।"

"चलो, मैंने तो तुम्हें लिखा भी था, पर तुम दुनिया की वास्तविकता का विचार तो करते नहीं, विचारों की दीवारें उठाया-गिराया करते हो।"

"अच्छा भई, अब वास्तविकता का आनन्द भी ले लें। कहो, कितने गिनाये?"

"दस हज़ार।"

"दस हज़ार! उसके मकान में लोटा तक मज़बूत न छोड़ा होगा?"

"कान्यकुब्ज कुलीन हैं।"

"वे कोई मामूली कान्यकुब्ज होंगे?"

"बहुत मामूली नहीं, 17 बिस्वे मर्याद वाले हैं।"

"हूँ।" वीरेन्द्र सोचने लगा–'तुमसे घृणा हो गयी है। जाओ, अब नहीं जाऊँगा। तुम इतने नीच हो!'

वीरेन्द्र शहर की ओर चला गया। बारात मुरादाबाद चली।

विवाह हो गया। पं. सत्यानारायण शर्मा ने वर-यात्रियों का हृदय से स्वागत-सम्मान किया। खोरे में पाँच हज़ार नक़द दिये और कन्या को पाँच हज़ार का जेवर ऊपर से बनवा दिया। विजय को सोने की चेन, जेब घड़ी, रिस्ट वॉच, साइकिल, अँगूठी और कुछ और सामान देकर ख़ुश किया।

बड़ा-छोटा 'बड़हार' हो गया। चतुर्थी के बाद कन्या के साथ बारात विदा हुई।

वर-कन्या के लिए पं. सत्यानारायण जी ने एक सेकण्ड क्लास-कम्पार्टमेण्ट पहले से रिज़र्व्ड करा रखा था और लोगों के लिए इण्टर-क्लास अलग।

पं सत्यनारायण हाथ जोड़कर पं. गंगाधर और कृष्णशंकर आदि से विदा हुए। कन्या से कहा–“बेटी वहाँ पहुँचकर अपने समाचार जल्द देना।” गाड़ी छूट गयी।

प्रणय से विजय का चित्त चपल हो उठा। अब तक जिस अदेख मुख पर असंख्यों कल्पनाएँ उसने की थीं, उसे देखने का यह कितना शुभ, सुन्दर अवसर मिला। उसने पिता को ससुर को समाज को भरे आनन्द के छलकते हृदय से बार-बार धन्यवाद दिया। साथ युवती बहू का घूँघट उठा चन्द्रमुख को देखने की चकोर-लालसा प्रबल हो उठी। डाकगाड़ी पूरी रफ़्तार से जा रही है।

विजय उठकर बहू के पास जाकर बैठा। सर्वांग काँप उठा। घूँघट हटाने के लिए हाथ उठाया। कलाई काँपने लगी। उस कम्पन में कितना आनन्द है। रोएँ-रोएँ के भीतर से आनन्द की गंगा बह चली।

विजय ने बहू का घूँघट उठाया, त्रस्त होकर चीख उठा, “ऐं तुम हो?”

“विवाह का यही सुख है!” ज्योतिर्मयी की आँखों से घृणा मध्याह्न की ज्वाला की तरह निकल रही थी। ‘छि:! मैंने यह क्या किया! यह वही विजय-संयत, शान्त, वही विजय है? ओह! कैसा परिवर्तन! इसके साथ अब अपराधी की तरह सिकुड़कर घर के एक कोने में मुझे सम्पूर्ण जीवन पार करना होगा। इससे मेरा वैधव्य शतगुण, सहस्र-गुण अच्छा था! वहाँ कितनी मधुर-मधुर कल्पनाओं में पल रही थी! वीरेन्द्र, तुम्हारे-जैसा सिंह पुरुष ऐसे स्यार का भी साथ करता है? तुमने इधर डेढ़ महीने से मेरे लिए कितना दु:ख, कितना कष्ट, मुझे और अपने इस अधम मित्र को सुखी करने के विचार से, स्वीकार किया! 18 हज़ार ख़र्च किये! तुम्हारे मैनेजर-सत्यनारायण-मेरे कल्पित पिता-वह देवताओं का निर्मल परिवार।’ ज्योतिर्मयी मन-ही-मन और कितना न-जाने क्या-क्या, सोच रही थी।

विजय ने पूछा–“तुम वहाँ कैसे गयीं?”

“वीरेन्द्र से पूछना।” ज्योतिर्मयी ने कहा।

ज्योतिर्मयी मिश्र खानदान में मिल गयी है, पर वीरेन्द्र फिर विजय से नहीं मिला।

श्यामा

पण्डित रामप्रसाद जी पहले पहल सरकारी अंग्रेजी स्कूल में हिन्दी के शिक्षक थे, अब स्थानीय सरकारी कर्मचारी भक्तों के यहाँ रामायण पढ़ते हैं। थोड़ी वैद्यक भी इन्हीं की सिफ़ारिश से ज़मींदार और ताल्लुकेदारों में चला ली है। जब इस तरह आमदनी ज्यादा हो चली, सम्मान बढ़ गया और अवकाश उठती धूप से पेड़ की छाँह की तरह घटने लगा, तब एक दिन शिक्षक वाले सापेक्ष पद के डण्ठल को पके फल की तरह परित्याग कर दिया।

जिन दिनों स्कूल में पढ़ाते थे, बंगला-उपन्यासों के अनुवाद हिन्दी की परती ज़मीन पर, ढाक के झाड़ों की तरह, अविश्राम उग-उगकर छा रहे थे। पति-भक्ति से ओत-प्रोत इन उपन्यासों के प्रति समुदाय का आज से सौ गुण अधिक समादर था। ऐसे-ऐसे उपन्यास ख़ासतौर से बंकिमचन्द्र के पं. रामप्रसाद जी पुस्तकालयों से इसलिए लाते थे कि उन्हीं दिनों आठ सौ रुपये में एक अठारह साल की युवती कन्या मोल लेकर उन्होंने नया विवाह किया था–उसे सुनाते थे।

उन्हीं दिनों बंगला उपन्यासों की बाढ़ से हिन्दी की नयी सन्तानों के नामकरण में भी युगान्तर आ गया था। रामदास, शिवप्रसाद, कालीचरण आदि नामों की पौराणिक पराधीनता बल खाते हुए बंगालियों के वार्संतिक बालों से दबकर दम तोड़ रही थी और 'शिशिर' 'विनोद' 'प्रदीप' 'प्रमोद' आदि स्वतन्त्र-पत्रों की तरह वास्तव-साहित्य की डालों, पर घर-घर उग चले थे। बालिकाएँ लक्ष्मी, सरस्वती, गंगा और यमुना आदि की मन्द रूढ़ियों से छूट-छूटकर आशा और लता आदि से ललित, लचीली होकर, साहित्य के विटप से लिपट रही थीं। यह लालच भगवान ही जाने क्यों पं.

रामप्रसाद जी भी नहीं छोड़ सके। विवाह के साल ही भर में उत्पन्न हुए लड़के का नाम बंकिमचन्द्र रखा। पर, बड़ा होकर, गाँव जाकर, गाँव वालों के स्वाधीन उच्चारण में, एक ही रोज़ में, बंकिम बाँके बन गया।

पं. रामप्रसाद जी बाकायदा कर्मचारी भक्त-वृन्दों के यहाँ रामायण पाठ करते हैं, कभी यहाँ, कभी वहाँ। अपने उदात्त व्याख्यानों द्वारा यह विश्वास उन्होंने उनमें जमा दिया है कि रामायण के वर्णन में आया हुआ विहवावलपुर ही आजकल की विलायत है। वहाँ जाने वालों के राक्षसभाव, भोजन-पान तथा संग-संसर्ग आदि दोषों के कारण, चूँकि प्रबल हो जाते हैं, इसलिए करुणा-निधान महाराज श्री रघुनाथ जी उन्हें अपने चरणारविन्दों में स्थान नहीं देते। ऐसे कई और भी महत्त्वपूर्ण अन्वेषण उन्होंने रामायण से किये हैं। वे भक्तगण व्यर्थ के लिए रामायण न सुनते थे। वे पाप करने वाले थे, तरने की आशा रखते थे। वे सब सरकारी नौकर थे, तनख़्वाह सौ से सिर्फ़ तीन-चार सौ तक पाने वाले, पर रिश्वत से, धर्म की आम सड़क से उतरकर, अदालत या अपने ऑफ़िस की गली और कूचे में, महीने में हज़ारों के वारे-न्यारे कर देते थे। अधिकांश ऐसे थे, जो पाप पूरा कर चुके थे, अब पेंशन लेकर, प्रायश्चित्त कर रहे। उन्हीं में से किन्हीं-किन्हीं के सपुत्र विलायत भी गये थे; पर चूँकि विलायत न जाने पर ही पिता ने पापा के हिसाब वाला काफ़ी माल खून चढ़ाकर न रक्खा था, इसलिए पुत्र के वर्तमान और भविष्य पापों के निश्चय पर उन्हें रत्ती-भर शंका न होती थी, पुनश्च उन्होंने किसी निष्काम साधना के लिए पुत्र को विलायत तो भेजा न था। अत: पण्डित जी को कसौटी पर खड़ा पाकर, नाराज़ होने के बदले सभय प्रसन्न होते थे।

उधर ऐसी व्याख्या करने वाले पं. रामप्रसाद जी, इधर पुत्र को बड़ा होने पर, अंग्रेजी स्कूल पढ़ने के लिए भेजने लगे। बंकिम ने भी दसवीं तक पहुँचकर, नाम के अनुसार, वाममार्ग ग्रहण किया। अर्थात सिगरेट से शुरू कर अण्डे-कबाब के प्रवेशिका-द्वार पर पैर रखा। उधर फेल हुआ इधर पास। माता एक साल पहले ही स्वर्ग सिधार चुकी थीं। एक बहन थी सरला, पिता ने नवें साल उसे भी ससुराल भेज दिया था। यदि उच्च कुल होता, तो अब तक बंकिम भी एक बच्चे का बाप हो चुका होता।

बंकिम के आचरणों का पहले पिता को पता न था। जब हुआ, तब बदनामी से डरकर उसे घर भेज दिया।

घर में ताला लगा रहता था। बरसात में कुछ पहले जाकर पं. रामप्रसाद जी मरम्मत करवा आते थे। बग़ल ही एक दूर के भैयाचार रहते हैं। बंकिम को रोटी खिला दिया करते हैं। पं. रामप्रसाद जी का एक बाग़ गाँव में है, कभी-कभी उसका चारा इन्हें मिल जाता है। हिसाब से फ़ायदा रहता है।

आम पकने लगे हैं। शीघ्र पं. रामप्रसाद जी भी आम खाने के लिए आने वाले हैं।

गाँव की हँसती हुई बाहरी प्रकृति से तो बंकिम को बड़ा प्रेम है, पर रूढ़ियों पर चलती हुई लोगों की भीतरी प्रकृति के तद्रूप घृणा। वहाँ का जीवन जैसे मशीन के चाकों की तरह दूसरे ताप से चल रहा हो, स्वयं लौह-खण्ड की तरह निर्जीव, निष्पन्द। इसलिए वहाँ उसका हृदय नहीं मिलता, सभी के लिए हृदय से वह विदेशी बन गया है।

आषाढ़ का महीना, एक सप्ताह बीत चुका है। बादलों के टुकड़े आकाश में क्रीड़ा करते हुए इधर से उधर दौड़ रहे हैं। पलकों को हलकी कर कभी पूरब से पश्चिम कभी पश्चिम से पूरब को, ठण्डी-ठण्डी हवा बह रही है। किसान आमों की अच्छी फ़सल होने से सुखी हैं। सभी के मुर्झे कपोलों पर हँसी खेलती है। दो-एक दौंगरे गिर चुके हैं। हल चल रहे हैं, कहीं-कहीं जुवार, अरहर, तिली, बाजरे आदि बोये जा चुके हैं, कहीं बोये जा रहे हैं। छोटे-छोटे कपास के पौधे किसी-किसी खेत में उग रहे हैं। ईख लहरा रही है–उठायी मेड़ें बारिश से कहीं-कहीं छँट गयी हैं। देहात बरसात के आगम से प्राणों में सुख स्पन्द पाकर प्रसन्न है। बाग़ों की हरी-हरी घास के मख़मली गलीचों पर गाँव के ग़रीब बच्चे छुई-छुअल, गुलहड़, गिली-डण्डा खेलते, अखाड़े गोड़कर कूदते, कुश्ती लड़ते हुए अपने-अपने आमों की रखवाली कर रहे हैं। सुबह से एक पहर दिन तक गाँव के प्राय: सभी बाल-वृद्ध-युवक, किसानों की स्त्रियाँ, आम लेने, पेड़ हिलाने के लिए बाग़ों में ही एकत्र चहल-पहल करते हुए मिलते हैं।

इन्हीं के बीच अपने बाग़ में, आज बंकिम भी बैठा हुआ है। पिता के शासन से घबराकर अपने भविष्य-पट पर अपटु चित्रकार की तरह, पूर्णछवि को खींचने को काँपती, पराङ्मुख तूलिका मानसिक शक्ति से फेरता जा रहा है। उसे इस काम में बड़ी देर हो गयी, पर कोई पूरी तस्वीर उसके भविष्य-साफ़ल्य-सी सामने न आयी। जैसे तट-ज्ञान से शून्य, बीच समुद्र में पड़ा हुआ युवक, दिग्यन्त्र के बिना नाव को इतस्तत: खेता रहता है, इस प्रकार केवल काल्पनिक श्रम वह कर रहा है। उसके घर के लोग बाग़ से आम बीनकर घर चले गये, धीरे-धीरे और लोग भी रात के गिरे आम बीनकर, पकते पेड़ों को हिलाकर, हिस्से लगाकर अपना हिस्सा लेकर पड़ोसियों, हिस्सेदारों के साथ चले गये, बंकिम बैठा सोचता रहा।

मधुर-मधुर हवा के झोंके से चेतना आने पर पलकें खुलीं, तो देखता है, आकाश और पृथ्वी की सजल श्यामलाभा के भीतर, वर्षा की ही नवयौवना स्वस्थ श्याम प्रतिमा-सी, एक युवती-बालिका धीरे-धीरे, असंकुचित मुस्कराती हुई, उसकी तरफ़ आ रही है। बंकिम प्रतीक्षा करने लगा, मन में खोजकर देखा, वह उसे पहचानता नहीं, आवाज़ आयी। बालिका बंकिम के बिलकुल पास आ गयी, और निस्संकोच वैसे ही बोली–“तुम कहो, तो इधर के गिरे हुए आम बीन लूँ।”

उसके चेहरे की ओर देखकर, उसे ग़रीब किसान की लड़की जानकर बंकिम ने कहा–“बीन लो।”

बालिका धीरे-धीरे चल दी।

चार कदम चली थी कि ‘ए– ’ पुकारकर बंकिम ने पूछा–“तेरा नाम क्या है?”

बंकिम की इस बेवकूफ़ी पर शहर के अहमकों की हेकड़ी वाली सुनी कुछ बातें एक साथ उसे याद आ गयीं; मन-ही-मन हँसकर, बंकिम को क्षमा कर बोली– “मेरे घर के सामने से तो रोज़ आते हो, मेरे बाप को नहीं जानते क्या?” कहकर द्रुत लाज के पग एक पकते पेड़ के नीचे जा आम बीनने लगी।

बंकिम को उसका यह वाक्य पूरा रहस्यवाद जँचा। उसका पिता कौन है, उसका घर कौन-सा हो सकता है, जो कई घर गली से होकर निकलते हुए पड़ते हैं, उनमें; यह कुछ बंकिम की समझ में न आया। जो कुछ वह समझ सका, वह बालिका की ही खुली बात का मर्म, उसका निर्भय व्यवहार, उसका अनुपम स्वास्थ्य था। शहर में अनेक पढ़ी-लिखी, विचारों में बड़ी हुई बालिकाएँ उसने देखी थीं। पर इतना आकर्षण उसे उनमें नहीं मिला। इसके चपल लावण्य में वह न समझ सका कि लुभाने वाला, मन को बलात् वशीभूत कर लेने वाला कौन-सा जादू था। बैठा एकटक उसे देखने लगा। बालिका घूम-घूमकर, अच्छे-अच्छे पेड़ों के आम उठाती रही, गति में वह बिलकुल नहीं भटकती, जैसे अच्छे आम वाले पेड़ पहले से पहचानती हो।

देखते हुए बंकिम को स्वभावत: उसके पिता को जानने के बहाने बातचीत करने का कौतूहल हुआ। वह उठकर उसकी ओर चला। बालिका का आँचल आमों से भर चुका था।

“तुम्हारे बाप का क्या नाम है?” पास जाकर अज्ञ की तरह ताज्जुब से पूछा।

बेवकूफ़ समझकर वह फिर मुस्करायी। “क्यों?” खिलकर बोली–“मेरे बाप का नाम सुधुआ है।” कहकर चलने को हुई, तो बंकिम ने सहृदय अज्ञ की तरह फिर

पूछा–“तुम्हारा नाम क्या है?” हँसकर, आप ही अपने में हवा की तरह लिपटकर बालिका बोली, “मैं अपना नाम नहीं कहती।” द्रुत फिर खाई की ओर चल दी। बंकिम खड़ा देखता रहा, वह खाई पार कर गाँव को चली गयी।

सुबह को दूसरे दिन बाग़ जाते समय द्वार पर ही सुधुआ बंकिम को मिला। पालागन कर आमों के लिए बार-बार विनयपूर्ण प्रशंसा करने लगा कि बड़े मीठे आम कल उसके बाग़ के उसने खाये, ईश्वर करे जल्द उसका विवाह हो घर बहू आये। सिलसिले में यह भी उसने कहा कि अबके तंगदस्त रहने के कारण वह आम मोल नहीं ले सका, नहीं तो बंकिम के बाग़ की बग़ल में ही शुक्लों के ‘हज़ारे’ में वह कई साल तक एक रुपये का हिस्सा लेता रहा है।

इतनी बात के बाद उससे कुछ बातचीत करना बंकिम का फ़र्ज़ हो गया। उसने पूछा कि इस साल वह तंगदस्त क्यों हो गया और उससे छुटकारा पाने को वह कुछ कर रहा है या नहीं?

किसान अपने दुःख की बात बड़े करुण साहित्यिक ढंग से कहते हैं, यदि कोई सहृदय श्रोता मिल जाये। सुधुआ खड़ा था। बंकिम को बैठने के लिए चारपाई डालकर एक बग़ल ज़मीन पर बैठ गया।

हथेली से अपना सिर पकड़कर कुछ खाँसकर सँभलकर बोला–“महाराज, आठ रुपये बीघे के हिसाब से ज़मीदार दयाराम महाराज ने तीन बीघे खेत दिये थे। मैंने कई साल तक खेतों को ख़ूब बनाया, खाद छोड़ी जब खेत कुछ देने लगे, तब परसाल इन्होंने बेदख़ल कर दिया, पहले इज़ाफ़ा लगान बीघा पीछे पाँच रुपये माँगते थे। अपने पास इतना दम न था। खेत छोड़ दिये। पर किसान जाये कहाँ, क्या खाये? फिर उन्हीं ज़मीदार दयाराम महाराज के पैरों नाक रगड़नी पड़ी। उन्होंने पाँच रुपये बीघे पर ढाई बीघे का एक खेत दिया। खेत बिलकुल ऊसर है। मैं जानता था। पर लेना पड़ा। खेती न करें, तो महाजन उधार नहीं देता। भूखों मरा नहीं जाता। खेती में साढ़े बारह का पूरेपूर डाँड़ पड़ गया, कुछ न हुआ। एक बैल था, साझ में जोत लेते थे, वह भी मरा, इधर श्यामा की अम्मा थी, वह भी भगवान के यहाँ गयी। परमात्मा ने सब तरफ़ से बैठा दिया। अफ़सोस-अफ़सोस मुझको भी दमा हो गया है, काम होता नहीं। उस किस्त का किसी तरह पाँच रुपया चुकाया था। अबके कुछ भी डौल नहीं। बरखा आ गयी। छप्पर वैसा ही रखा है। कहाँ से पैसे आवें, जो छाया जाये! मेहनत-मजूरी का बल नहीं है। श्यामा दूसरे की पिसौनी करती है, तब दो रोटी तीसरे पहर तक मिलती हैं।”

बूढ़े सुधुआ को ज़ोर की खाँसी आ गयी। घर के भीतर चक्की चल रही थी। जब सुधुआ सँभला, तब बंकिम उठकर खड़ा हो गया। ऐसी स्थिति में वह क्या कर सकता है, उसकी समझ में न आया। सुधुआ भी केवल करुणा प्राप्त करने के सिवा उससे दूसरी मदद न चाहता था। वह भी जानता था, यह अभी ख़ुद अपने मुख़्तार नहीं हैं। इसी समझ और सहानुभूति के भीतर बंकिम ने आज भी आम ले जाने के लिए श्यामा को भेज देने को सुधुआ से कहा। विनयपूर्वक सुधुआ ने स्वीकार कर लिया। कहा–“अभी पीसती है; उठेगी, तो भेज दूँगा।”

बंकिम बाग़ चला गया। वहाँ से दूसरे-दूसरे बाग़ों में टहलता हुआ लड़कों से पूछ-पूछकर अच्छे-अच्छे पेड़ों के आम खाने लगा। निगाह अपने बाग़ की तरफ़ रखी।

बड़ी देर हो गयी। दूसरे बाग़ों से वह अपने बाग़ में आ गया। उसके भैयाचार घर के लड़के आम बीनकर बाग़ से चले गये। और लोग भी धीरे-धीरे जाने लगे। क्रमश: बाग़ खाली हो गये। बंकिम बैठा श्यामा की राह देखता रहा, पर वह न आयी।

एक-एक बार गाँव के रास्ते की तरफ़ देखकर, अन्त में हताश होकर बंकिम ख़ुद अपनी प्रतिज्ञा पूरी करने को चला। तुख़्मी सुफेदे का एक पेड़ ख़ूब पक रहा था। चढ़कर एक डाल हिलायी। उतरकर आम बीन लिये। एक डाल तुख़्मी दसहरी की हिलायी। कुछ शरबती के आम गिराये, कुछ शाहाबादी के। धोती का छोर फैलाकर सब बाँध लिये। उसके ले जाने-भर को हलका ख़ासा बोझ हो गया! धोती चोपी से भर गयी। कुर्ते में भी दाग़ लगे, पर इसकी चिन्ता न की। कन्धे पर रखकर ले चला। साधारण किसान को इस तरह एक ब्राह्मण का आम ले जाकर देना कहाँ तक ठीक है, उसने कभी नहीं सोचा। उसे इस तरह ढोकर आम देते हुए देखकर लोग क्या सोचेंगे, उसे अनुभव न था। जब द्वार पर आम ले जाकर पहुँचा, तो देखता है, ज़मीदार के दो सिपाही दोनों तरफ़ से सुधुआ के कान पकड़े हुए डेरे की ओर लिए जा रहे हैं, श्यामा सजल आँखों से एकटक पिता को देख रही है। आम क्या करे, बंकिम कुछ सोच न सका, जैसा पहले सोच रखा था, उसी के अनुसार, जैसे नियन्त्रित यन्त्र हो, श्यामा के सामने गाँठ खोलकर कुर दिया। इस समय एक सिपाही ने फिरकर देखा।

एक सहृदय मनुष्य को देख दुखी श्यामा ने कहा–“मेरे बापू को पकड़े ले जा रहे हैं, मारेंगे, तुम बचा लो!”

सुधुआ की वैसी दशा देखकर सिपाहियों पर बंकिम को गुस्सा आ गया था। कड़ेपन से पूछा–“क्यों मारेंगे?”

“साढ़े सात रुपये लगान के बाक़ी हैं।” कहकर आँचल से श्यामा ने आँसू पोंछ लिये। बंकिम झपटता हुआ चला गया।

बंकिम के पास रुपये न थे। हाथ में एक अँगूठी सोने की थी। उस पर कुछ कीमती एक नग था। पिता से उसने सुना था, अँगूठी दो सौ रुपये की है। भैयाचार के घर रुपये देने के सिवा पाने की आशा न थी। निकट ही दूसरे गाँव में एक अच्छे महाजन थे, उनका नाम उसने गाँव में सुना था कि मालदार आदमी हैं। सीधे उन्हीं के यहाँ गया। उन्होंने बड़ी देखभाल के बाद कहा–“आप हमारे मित्र पं. रामप्रसाद जी के लड़के हैं, आपको ज़रूरत पड़ गयी है, इसलिए हम तीस रुपये आपको देते हैं, यों हमारी निगाह इसमें दस रुपये से ज्यादा का सोना नहीं, और नग के लिए चार-पाँच जोड़ लेते हैं।” नग के हीरे से एक शीशे को खरोचकर, हीरे की पूरी परीक्षा कर उन्होंने कहा। बंकिम को लगा तो बहुत बुरा, पर उपाय न था। वह उस अँगूठी की कीमत से सुधुआ का दारिद्रय भी दूर कर देने का हौसला लेकर गया था। सोचा था, बेचकर, लगान चुकाकर, गाँव से भागने का सिर्फ़ रास्ता-ख़र्च लेगा, बाक़ी सब सुधुआ को देकर गाँव के कसाई ज़मीदार को समझा दिया जायेगा कि ग़रीब किसानों को किस तरह प्यार करना धनी कहलाने वालों का धर्म होता है। पर आशा की वहाँ जड़ ही कट गयी। अँगूठी रेहन कर, सिर्फ़ तीस रुपये लेकर वह तेज़ कदम सीधे डेरे को गया।

तब तक वहाँ सुधुआ की सब दशा हो चुकी थी। बेंत की मार से उसकी पीठ फट चुकी थी। नीम के पेड़ के नीचे बेहोश होकर मुँह के बल पड़ा था। मुश्कें बँधी थीं।

सामने गलीचा-बिछे तख़्त पर ज़मीदार दयाराम दोहरे के बाद तम्बाकू खाने का उपक्रम कर रहे थे। गाँव के भले आदमी कहलाने वाले प्राय: सभी लोग चारपाइयों पर बैठे बलि के बकरे की निगाह से मालिक दयाराम की ओर देख रहे थे। दोनों सिपाही तख़्त के सामने लट्टु लिये हुए खड़े थे।

सुधुआ को देखकर बंकिम को कुछ क्षण काठ-सा मार गया। निश्चल देखता रहा। फिर आगे ज़मीदार की ओर बढ़ा। ज़मीदार लोग व्यवहार-कुशल होते ही हैं, फिर दयाराम पर विद्या ने भी ठेठ-ज़मींदारों पर की-सी दया नहीं की–अपना काम और अदालत के काग़ज़ात यह आप देख लेते हैं। आदर से बुलाकर, बैठाकर, आने का कारण पूछा।

“आपने इसे मारा क्यों?” बंकिम ने पूछा।

“भाई मेरे, तहसील-वसूल का तो यह कायदा ही है। ये मारे न जायें, तो न इनके रुपये वाले गड्ढे से मिट्टी हटे, न लगान दें।” दयाराम हँसने लगे।

“आप जानते हैं। इसने इस साल आम भी नहीं लिये, इसके पास एक रुपया भी न था।” तेज़ गले से बंकिम ने कहा।

“ये सब चकमे हैं। बाहरी ऐसा रूपक न बाँधे, तो भीतर की बात खुल जाये।” दयाराम ने जनता की तरफ़ रुख करके कनखियों से राय ली।

एक ही अर्थ की भिन्न-भिन्न अनेक ध्वनियाँ हुई, “मालिक को सब मालूम है।” “जैसे पेट की बात ताड़ लेते हैं।” “तभी तो भगवान ने भागवान बनाया है।” आदि-आदि।

प्रसन्न होकर उन्हीं लोगों से दयाराम फिर कहने लगे, “अभी यह लड़के हैं, दुनियादारी का हाल तो कुछ मालूम है नहीं, स्कूल में पढ़ते हैं बस, भड़क गये।”

बंकिम को असह्य हो गया। बोला–“आप लोग मज़ाक़ करते हैं, उधर उसके मुँह में चुल्लू-भर पानी छोड़ना भी रोक रखा है, वह मर रहा है, आप लोग दुनियादारी समझा रहे हैं।”

“आपकी इच्छा हो, तो घड़ों पानी उसके मुँह में छोड़िए, पर रुपया भी आप देंगे, या सिर्फ़ पानी छोड़ने के लिए आये हैं?” कुछ गर्म पड़कर कुछ मज़ाक़ के स्वर से दयाराम ने कहा।

साथ ही गाँव के और उनके भक्त लोग कह उठे–“मालिक की बात, रुपया कौन गाँठ खोलकर देता है?”

बंकिम आग हो गया। उसी तरह गर्म होकर पूछा–“कितने रुपये हैं आपके?”

“साढ़े सात।” हँसकर दयाराम बंकिम की ओर देखकर बोले–“देते हैं आप?”

“हाँ, ये लीजिए।” आठ रुपये बंकिम ने तख़्त पर रख दिये कहा–“अब लिख दीजिए, चुकता रसीद सुधुआ के नाम।”

गाँव के लोग एक-दूसरे को खोद-खोदकर मुस्कराने लगे, जिसका मतलब होता है–कैसा बेवकूफ़ है यह।

एक बार दयाराम को भी आश्चर्य हुआ। पर फिर उन्होंने रुपये बजाकर अठन्नी वापस कर दी और एक चुकता रसीद लिखा दी।

"यहाँ पर बहुत-से लोध हैं, इनसे कहिए, सुधुआ को इसके घर उठाकर रख आवें।" बंकिम ने कुछ विनयपूर्वक कहा।

दयाराम के दिल में बात बैठ गयी। उन्होंने दो लोगों को रख आने की आज्ञा दे दी। बेहोश सुधुआ के साथ बंकिम डेरे से चला गया।

"मालिक, अभी तक झमेले में मुझे याद न थी।" एक सिपाही ने कहा।

"क्या?" दयाराम ने हँसती आँखें उठाकर देखा।

"आज यह बाग़ से गट्टर-भर आम ख़ुद लादकर सुधुआ के घर लाये थे।"

"अच्छा!"

"हाँ, मालिक।"

"क्यों जी देवीदयाल, (देवीदयाल गाँव के एक गण्य ब्राह्मण हैं।) यह क्या बात है?"

"अब क्या कहा जाये मालिक?" दूर मर्म तक ध्वनि को पहुँचाकर देवीदयाल हँसने लगे। वे दोनों लोग सुधुआ को छोड़कर लौट आये। इनसे दयाराम ने पूछा–"क्यों रे, बाँके तुम लोगों के साथ गये थे, किधर गये?"

"वहीं उसकी दवा-दारू का इंतज़ाम करने को रह गये हैं।" हाथ जोड़कर एक ने कहा। दूसरे ने 'हाँ मालिक' कहकर गवाही दी।

"क्यों देवीदयाल, तुम लोग तो ब्राह्मणों के सिरमौर हो, गाँव में कुछ समझ में आती है–क्या बात है?"

"बात ऊपर रखी है। महा गँवार भी समझ जाये।" पं. देवीदयाल विशेष रूप अन्तर्मुख हो गये।

"तो समझ ही से सब हो जायेगा? आज समझ गये, कल पानी पियोगे, परसों एक साथ पूड़ी खाओगे, तो ठीक होगा?" निरीक्षक की दृष्टि से देखकर दयाराम ने पूछा।

देवीदयाल पहले तीन बिस्वे वाले कनवजिए थे, अब तेरह बिस्वे वाले बनकर गाँव के ब्राह्मणों में सिरमौर हैं। कहा–"पहले तो नीचे-नीचे से चलना चाहिए, फिर ऊपर आप बँध जायेगा, इन लोगों से पूछिए, हुक्के के लिए क्या कहते हैं–देंगे सुधुआ को हुक्का?"

"क्यों रे, तुम लोग क्या कहते हो? बात कुछ आती है समझ में?" अपनाते हुए दयाराम ने पूछा।

"अब भी कुछ बाक़ी समझने को रह गया है मालिक? कल से हुक्का-पानी कोई देगा तो आप भुगतेगा।" लखुआ ने पूरे आत्मसंप्रदान के स्वर से कहा। फिर गाँव के झींगुर, बुलाकी, नथुनी आदि लोगों से अपने-अपने टोले में मना कर देने को कह दिया। सब लोग सच्चे डपोरशंख की तरह मुख बाये, समझकर सिर हिलाकर राजी हो गये।

देवीदयाल ने कहा–"इन सूदों का कौन भरोसा, कहो चुल्लू-भर में लुटिया डुबो दें।" लखुआ तेज़ आँखों से देवीदयाल को देखकर बोला–"सुनो महाराज, हम बाँभन नहीं हैं, जो कुरमी-काछी, तेली-तमोली, सबकी पूरियों में पहुँचा पेल दें। हम हैं लोग–लोग का बच्चा कभी न कच्चा। अब खरी न कहलाओ। रूका बुआ को लोगों ने पकड़ा, सबने छोड़ दिया, फिर तुम्हीं पिलकर सत्यनारायण की कथा में खा आये।" कहकर सदर्प आँखें फेरकर ज़मीदार को भक्ति-भाव से देखने लगा।

पं. रामप्रसाद जी गाँव आने वाले थे, आज आ गये। घर पहुँचकर सुना कि बंकिम के संबंध में कोई मामला डेरे पर चल रहा है। उसी वक़्त डेरे चल दिये। पं. रामप्रसाद को देखते ही देवीदयाल ने धीरे से कहा–"अब गठ गया मामला, यह भी सपूत की करनी अपनी आँखों देख लें।"

सब लोग स्तब्ध हो गये। ज़मीदार ने आदर से बैठाया। फिर नमस्कार आदि के बाद कुशल तथा लखनऊ के हाल पूछने लगे।

पं. रामप्रसाद जी अपने सम्मान के विचार में गम्भीर होकर बोले–"सब कुशल है। इधर शिष्य के यहाँ विवाह था, न्योते पर जाना ही पड़ा। वह डिप्टी-कमिशनर है। विवाह के समय भाषण करने के लिए कहा। हमने सोचा, विवाह का समय है, किस विषय पर भाषण करें? फिर ब्रह्मचर्य-विषय पर कहा।"

रामप्रसाद जी डब्बे से पान निकालकर ज़मीदार साहब को देने लगे। उन्होंने सिकुड़कर मुलायम-मुलायम जवाब दिया कि "देवीदयाल जी गाँव के मान्य हैं, इन्हें पहले दीजिए।"

पं. रामप्रसादजी ने देवीदयाल की ओर हाथ बढ़ाया। उन्होंने कहा–"अभी स्नान नहीं हुआ। आप मालिक को ही दीजिए।"

रामप्रसाद जी ने फिर मालिक की तरफ़ हाथ बढ़ाया। उन्होंने पान ले तो लिये पर सामने के एक काग़ज़ के टुकड़े में लपेटकर रख दिये।

गाँव वालों के ऐसे स्वभाव से पं. रामप्रसाद जी का काफ़ी परिचय था। वह कई बार गाँव को ब्रह्मभोज वाली गुनहगारी अकारण दे चुके थे। स्वयं अच्छे ब्राह्मण न थे। प्राय: लोग पैरों पड़ते थे। इसलिए मन ही-मन घबराये। सोचा, शायद बंकिम की सिगरेट वाली बात खुल गयी। इधर एक आदमी को ज़मींदार साहब ने एकान्त में बुलाकर सुधुआ का मकान देख आने के लिए चुपचाप भेज दिया। वहाँ बाँके है या नहीं, वह देखकर बतलाये। फिर बैठकर फ़ालतू बातचीत करने लगे।

लौटकर आदमी ने संवाद दिया कि बाँके वहीं पर है। तब अपने लोगों के साथ रामप्रसादजी को एक आवश्यक दृश्य दिखलाने के उत्साह से लेकर ज़मींदार साहब सुधुआ के मकान की तरफ़ चले। रास्ते में कहा–"आज सुधुआ की तरफ़ से साढ़े-सात रुपये लगान के बाँके ने दिये। गाँव में लेन-देन करने के इरादे पर शायद आपने बाँके को भेजा है?"

पं. रामप्रसाद जी सूख गये कि यह माजरा क्या है। प्रकाश्य बोले–"हमने तो ऐसी सम्मति उसे नहीं दी, उसके पास रुपये भी नहीं थे।"

अब तक सुधुआ का घर भी आ गया। भारतीय किसानों के घर में दरवाज़े नहीं होते। सिर्फ़ टट्टर रहता है। रात को भेड़िए से बकरियों को बचाने के लिए एक डण्डे से बाँध दिया जाता है। फिर शूद्र के मकान में प्रवेश के लिए आज्ञाविशेष आवश्यक नहीं। दरवाज़ा खुला था, सब लोग जूते समेत भीतर धँस गये। साथ-साथ पं. रामप्रसाद जी भी गये।

जब रामप्रसाद जी ने बंकिम को देखा, उस समय श्यामा पिता का शीश गोद में लेकर कुछ उठाये हुए बैठी थी, बंकिम पड़ोस के गाँव से दवा ले आया था, झुककर मुँह में डाल रहा था। कुछ झुकी हुई श्यामा करुणा-दृष्टि में पिता को देख रही थी। श्यामा और बंकिम एक ही लक्ष्य पर एकाग्र थे। कभी-कभी श्यामा के बाल, कभी-कभी कपोल और मुख बंकिम के गालों से छू जाता था। सुधुआ के जबड़े जकड़ गये थे, दोनों खोलकर दवा पिलाने के प्रयत्न में थे। यहाँ ब्राह्मण और लोग में सामाजिक जितने स्तरों का भेद है वह न था। लोग खड़े यही देख रहे थे। लोगों की निगाह में श्यामा और बंकिम के सामीप्य का जो अर्थ था, उसके साथ सुधुआ का सहयोग बिलकुल न था। वह मर रहा है, लोग यह नहीं देखते थे, वह क्या कर रहा है, इसका दूरान्वय कर रहे थे। प्रकट सत्य को छोड़कर अप्रकट तत्त्व को पहुँचे हुए थे। आँगन के दूसरी ओर वाले छप्पर के नीचे रोगी की सद्यश्चुत

पतझड़ के पत्र-सी जीर्ण शय्या थी। श्यामा और बंकिम अपना उत्तरदायित्व पूरा कर रहे थे। लोगों की आहट नहीं सुनी।

जब बंकिम दवा पिला चुका और साश्चर्य परीक्षक की दृष्टि से देख रहा था कि दवा मुँह से निकली आ रही है, उसी समय पिता की नीति धर्म से गुरु वज्र गर्जना सुनी–"क्यों चमार, धर्म को धोकर पी गया?"

पिता के हितकर उपदेश से ताड़ित अनेकोनेक भावनाओं की तड़ित् बंकिम की नसों में तेज़ बह चली। अपनी स्थिति मनुष्यता की क्षिति पर खड़ा होकर अच्छी तरह समझा दे, यह इच्छा बदलती हुई मानसिक दृश्य को बल पहुँचाकर केवल शक्ति बन गयी–वह कुछ कह न सका, जो कुछ कहने को चला था, उसी ने रोक दिया।

पुत्र को चुपचाप खड़ा हुआ, तब तक भी निकलता न देखकर रामप्रसाद जी बिना रोटी के तवे-जैसे उसी की आग से, तप उठे, और पार्वत्य निर्झर की तरह प्रखर शब्द-गर्जन-स्वर से उस क्षुद्र उपल-खण्ड पर टूट पड़े। जब वह अपनी भाष्य और भाषण उभय प्रकार की शक्तियों से पुत्र के विरुद्ध युद्ध कर रहे थे, उसी समय सुधुआ स्वर्ग सिधार गया। श्यामा पिता को हिला-हिलाकर ऊँचे स्वर से रोने लगी।

पूरी घृणा से पुत्र को सुनाकर कि उनके घर में अब उसके लिए जगह नहीं है, पं. रामप्रसाद जी वहाँ में निकल गये। साथ-साथ ज़मीदार तथा गाँव के और लोग भी 'बड़ा बेहया-नालायक है' कहकर चल दिये। लोग की लाश से ब्राह्मणों को क्या सहानुभूति? वह तो उनके छूने लायक है नहीं। उसके संबंध में लोग सोचेंगे।

जो लोग वहाँ थे, वे चलते हुए। सीख दे देने की तर्जना श्यामा को सुना गये। वे ज़मीदार के किसान हैं। ज़मीदार खेत-पात देने के उनके काम आ सकता है। सुधुआ की लाश से उन्हें क्या लाभ?–फिर जब मालिक ख़ुद नाराज़ हैं और श्यामा अपनी राह पर नहीं।

बंकिम के कहने पर श्यामा गाँव-भर की बिरादरी को पिता का मृत्यु-समाचार दे आयी, देर तक प्रतीक्षा करती रही, पर कोई न आया। तब बंकिम ने कहा–"जान पड़ता है, कोई न आवेगा।"

बंकिम ने जिस काम का श्रीगणेश किया था, सोचा उसे पूरा किये बिना बाहर न जायेगा, आख़िर पिता जी ने तो घर से निकाल ही दिया है। जब यथार्थ बात के समझदार यहाँ नहीं, तब यहाँ रहकर होगा क्या? मन साथ-साथ श्यामा के लिए भी सोचता इसका क्या होगा? इसे भी तो भैयाचार छोड़ चुके हैं।

“अब शायद कोई न आवेगा बाबू!” श्यामा ने पहले पहल बंकिम को संबोधन किया।

“यही मैं भी सोचता हूँ श्यामा!”

“तो अब क्या होगा?” निराशा की साक्षात् प्रतिमा ने जैसे कहा।

“अब तो हमीं-तुम हैं?”

“हम-तुम कैसे लहास गंगा ले चलेंगे?”

“लाश गंगा पहुँचाना कठिन है। श्यामा, तुम्हारी शादी हो चुकी है?”

“हाँ।”

“तुम्हारी ससुराल यहाँ से कितनी दूर है?”

“वह है जगतपुर में।”

“तो वहाँ से मैं तुम्हारे शौहर और ससुर को बुला लाता हूँ।”

“वहाँ अब कोई नहीं!”

“क्यों कहाँ हैं?”

“भगवान के घर!”

“तुम्हारा शौहर?”

“वह भी जब सात साल के थे, चले गये। सास है, उसने घर-बैठा कर लिया है।”

“तो तुम कहाँ जाओगी श्यामा? मेरे पिता जी ने मुझे घर से निकाल दिया है, तुम सुन चुकी हो, अब मेरे लिए घर में जगह नहीं है, आज ही रात आठ बजे वाली गाड़ी से मैं कानपुर चला जाऊँगा।”

सुनकर, सजल आँखों से बढ़कर, श्यामा ने बंकिम का हाथ पकड़ लिया–“मुझे भी ले चलो बाबू, तुम्हारे बर्तन मलकर दो रोटी खा लूँगी, यहाँ मैं नहीं रहना चाहती।”

बंकिम चुपचाप खड़ा रहा। न-जाने कहाँ से एक शक्ति ने आकर उसे उभाड़ दिया। कहा–“अच्छा! सुनो, फावड़ा ले आओ। अब और जगह नहीं। तुम्हारे पिता को यहीं रखेंगे।”

श्यामा ने फावड़ा निकालकर दिया! बंकिम लाश के बराबर लम्बी जगह अन्दर जाकर खोदने लगा। पहले कुछ देर तक श्यामा देखती रही, फिर दुःख में भी मुस्कराकर आकर फावड़ा पकड़ लिया। बोली–“तुमसे नहीं बनता, मुझे दे दो।”

बंकिम हाँफने लगा था। फावड़ा दे दिया। कोंछी का काँछा मारकर श्यामा खोदने लगी। बंकिम कुछ दम लेकर बोला–“तुम्हें आदत है, तुम खोदो। तब तक मैं कफ़न खरीद लाऊँ।” कहकर वह पास के गाँव चला गया।

आज इस रास्ते लोगों का निकलना बन्द है। ज़मीदार डेरे पर यह कहकर गाँव गये हैं कि–“जब तक दोनों हमारे पास न आवें, और माफ़ी न माँगे, तब तक कोई इनसे बातचीत न करे।”

जब बंकिम श्यामा के पास आया, तब गड्ढा तैयार हो चुका था, सुन्दर खुदा था। एक बार खड़े-खड़े बंकिम ने देखा। फिर कहा–“श्यामा, अब तुम दो घड़ा पानी ले आओ। लाश को रखकर एक में तुम नहा लेना, एक में मैं।”

“लोहे का एक ही घड़ा है।” विनम्र स्वर से श्यामा ने कहा।

“मिट्टी, लोहे किसी के भी हों, पानी ले आओ।”

श्यामा एक मिट्टी और एक लोहे का घड़ा लेकर पास के खेत वाले कच्चे कुएँ से पानी लेने चली। तीन-चार स्त्रियाँ खेत में मिलीं, देखकर आपस में बतलाने लगीं–“ऐसा जगुआ गाँव में अब तक तो किसी ने न किया था। एक यही नोखे की जवान हुई है!”

श्यामा के कानों में आवाज़ पड़ी, पर पलकें झुकाकर चली गयी। मन में कहा–“ये अपने काम आने वाली पड़ोसिनें हैं?”

घड़े भरकर लौट आयी। तब बंकिम ने लाश उठाने के लिए बुलाया। पैरों की तरफ़ श्यामा ने पकड़ा, सिर की तरफ़ बंकिम ने। मौन कपोलों से बह-बहकर श्यामा के आँसू पिता के चरणों को धो रहे थे। दोनों ने लाश को नया कफ़न पहना, ढँककर, गड्ढे में रख दिया, फिर मिट्टी छोड़ने लगे।

यह काम पूरा कर बंकिम ने कहा–“श्यामा, अब सूरज डूब रहा है, हमको जल्दी करनी चाहिए। तुम्हारे यहाँ क्या-क्या है?”

“हल है, माची है, सेरावन है, और पुर-बरेत, हँसिया, गड़ासा, कुल्हाड़ी, यही खेती का सामान है और दो लोटे, दो थाली, तवा-चिमटा, एक कराही, एक कलछुल, एक घड़ा लोहे का, रस्सी और जाँत।”

“अच्छा, नहा लो, फिर गीली धोती में बरतन बाँध लो। मैं इधर को मुँह किये बैठा हूँ। फिर मैं भी नहा लूँ। जल्दी चलें नहीं तो फिर गाड़ी न मिलेगी।”

बंकिम मुँह फेरकर बैठ गया। श्यामा नहाने लगी। लोहे के घड़े वाला पानी बंकिम के लिए रख दिया। फिर बंकिम नहाया। श्यामा गीली धोती में बरतन बाँधने लगी। नहाकर, उसी धोती को निचोड़कर बंकिम ने पहना।

अँधेरा हो गया था। स्टेशन क़रीब ही डेढ़ मील पर था।

बरतन वाला गट्टर बंकिम उठाने लगा, तो श्यामा ने रोक लिया। कहा—"मुझे तो आदत है मेरे सिर रख दो।" बंकिम ने रख दिया।

बाक़ी लावारिस सामान ज़मींदार के लिए छोड़कर उस संध्या में दोनों हमेशा के लिए गाँव से निकल गये।

बंकिम कानपुर आकर एक धर्मशाला में टिका। वहाँ से पता लगाकर आर्य-समाज के मंत्री सत्यप्रकाश जी से मिला। सत्यप्रकाश जी ऊँचे दर्जे के शिक्षित, प्रभावशाली मनुष्य हैं, अभी तक विवाह नहीं किया, करने का इरादा भी नहीं। बंकिम की कथा सुनकर हँसे। सामाजिक ऐसी अनेक प्रकार की व्याधियों की वह चिकित्सा करते रहते हैं, इसलिए अविश्वास नहीं किया। बल्कि सुनकर प्रोत्साहन देते हुए सब प्रकार की मदद करने को तैयार हो गये। उन्होंने बंकिम को अपने यहाँ बुला लिया, और एक दिन आर्य-समाज में दोनों का विवाह कर दिया। बंकिम के वीरोचित कार्य से वह इतने प्रसन्न हुए कि अपने वकील और कर्मचारी मित्रों से कहकर ख़र्च के लिए प्रतिमास तीस रुपये चन्दा करा दिया, पन्द्रह स्वयं देते रहे, और उसे वहीं स्कूल में भर्ती कर दिया। बंकिम और श्यामा की क़रीब बराबर उम्र थी। बाप का इकलौता लड़का होने के कारण अच्छी तरह पला था, जल्द तगड़ा, जवान हो गया था। संसार के एक ही प्रहार से पूरा परिचय हो गया था। वह जी तोड़कर पढ़ने में श्रम करने लगा। सत्यप्रकाश जी स्वयं तत्परता से उसे पढ़ाते थे। अपने में मिला लिया। श्यामा के भी पढ़ने और दस्तकारी सीखने का प्रबन्ध हो गया। कई साल हो गये, बंकिम अपने गाँव नहीं गया। वहाँ कितना परिवर्तन हो गया, पर गाँव के लोग अपने स्वभाव से जहाँ थे, वही ठहरे हुए हैं। अत्याचार उसी प्रकार होते हैं, प्रतिकार का मार्ग वैसा, ही रुका है। पं. रामप्रसाद जी ने फिर बंकिम की कोई ख़बर नहीं ली, मरते-मरते मर गये।

रामप्रसाद जी का देहान्त होने पर ज़मींदार पं. दयाराम ने बाग़ में अपना कब्ज़ा कर लिया। जो पड़ोसी भैयाचार थे, उन्हें बाहर से उन्होंने भैयाचार स्वीकार ही न किया। गाँव वालों को सिखला दिया कि कोई भैयाचार न कहे। घर में भी अपना कब्ज़ा कर लिया। वहीं अपने बैल बँधवाने लगे। साल-भर से बाग़ के आम-महुए वही बिनवा रहे हैं। पहले भैयाचार ने ज़बानी ख़ुशामद की, पर दयाराम न पसीजे,

तब दावा कर दिया। उधर रामप्रसाद जी की लड़की को भी कई महीने बाद पिता के गुजरने का संवाद मिला। वह दूर दूसरे जिले में ब्याही थी। अब उसके एक लड़का था। सरला पति और पुत्र के साथ ज़मींदार से मिली और नाना की सम्पत्ति नाती को देने की बड़ी आरज़ू-मिन्नत की, पर ज़मींदार ने कहा–“हम दूसरे गाँव में रहते हैं, हमको कुछ पता नहीं, आप उन्हीं की लड़की हैं, आप अदालत से ले लीजिए।”

फलत: नाबालिग बच्चे के वली ने अदालत में दरख़्वास्त दे दी। भैयाचार को भी इससे अपने हक़ के लिए लड़ने की हिम्मत हुई। इधर ज़मींदार दयाराम ने इन सबको उठल्लू और बाग़ को लावारिस साबित किया। कई महीने तक अदालत चली। ज़मींदार के गवाह सबसे मज़बूत थे। नाती के सबसे कमज़ोर।

दयाराम चारों ओर से चौकस रहते थे। एक पेशी को गये, तो मालूम हुआ, नातीपक्ष वाले रिश्वत की पूरी तैयारी से डिप्टी साहब से मिलने गये हैं, क्योंकि अदालत के गवाहों की कमज़ोरी उधर रुपये से पूरी करेंगे। दयाराम चलते-पुर्जे आदमी थे। शहर से बात-की-बात में सौ रुपये की डाली ख़रीदकर लगवा ली, और डिप्टी साहब के बँगले पर पहुँचे। देखा, वास्तव में नातीपक्ष वाले डटे थे। डिप्टी साहब बाहर निकलने वाले थे। दोनों पक्ष एक-दूसरे को घूरते हुए स्वागत के लिए प्रतीक्षा कर रहे थे कि डिप्टी साहब अपनी धर्मपत्नी के साथ बाहर निकले। सब लोग खड़े हो गये।

डिप्टी साहब ने दयाराम से पूछा–“इस बाग़ का हक़दार कोई बंकिम है?”

“मैंने तो किसी बंकिम को नहीं देखा हुज़ूर!”

डिप्टी साहब की धर्मपत्नी श्रीमती श्यामकुमारीदेवी ने ज़मींदार पं. दयाराम जी की ओर उँगली उठाकर अपने अर्दली से कहा–“डाली समेत इसे कान पकड़कर बाहर निकाल दो।”

सरला को संकुचित एक तरफ़ खड़ी देखकर डिप्टी साहब ने सस्नेह कहा–“सरला! तू मुझे भूल गयी!”

बाग़ पं. रामप्रसाद जी के नाती को मिला।

डिप्टी साहब का नाम वेदस्वरूप है।

विद्या

विद्यासुन्दर संस्कृत की ऊँची कोटि की रचना है। सुन्दर कवि का नाम है, विद्या एक राजा की लड़की का। बंगाल में विद्यासुन्दर की कहानी, टप्पा वग़ैरह बहुत मशहूर है। कहा है कि विद्यासुन्दर पर 'चौर पंचाशिका' के नाम से श्रेष्ठकवि वररुचि ने मेघदूत की तरह रचना की है। महाकवि वररुचि की रचना कवि-कुलगुरु कालिदास के मेघदूत से नीची कोटि की है, ऐसा कहते झेंप आती है।

अद्यापि तां कनकंचम्पकदामगौरीम्,
फुल्लारीविन्दनयनां तनु-रोम-राजिम्।
सुप्तोत्थितां मदनीविह्वलतालसाङ्गीम्,
विद्यां प्रमादगलितामिव चिन्तयामि।।

[अब तक उस सोने के चम्पे के हार की तरह गोरी, खिले कमल जैसी आँखों वाली मुलायम रोओं से सजी, सोकर उठी हुई, मदन से विह्वलित अलस अंग वाली प्रमाद निचोड़ती हुई जैसी, विद्या की याद करता हूँ।]

श्यामनाथ लताकुंज के भीतर पड़ी बेंच पर पड़ रहा था। सामने गुलाब और सीजन फ्लावर्ज के बीसियों बेड्ज थे। चारों तरफ़ दूब-जमे पार पर यही सुहावना दृश्य था। बीच में प्राय: डेढ़ सौ हाथ चौड़ा और दो सौ हाथ लम्बा पानी से लबालब भरा तालाब था। ख़ासी अच्छी बड़ी रोहुएँ, झुण्ड-के-झुण्ड, सूर्यास्त से कुछ पहिले, खाना खाने के बाद, विहार कर रही थीं। दो तरफ़ से मोटर आने-जाने वाला पक्का रास्ता था। एक तरफ़ निकास की ड्योढ़ी थी जहाँ सिविल सर्जन रहते थे। भारी गेट से हाथी आते-जाते थे। नारियल, आम वग़ैरह पक्की सड़कों के किनारे-किनारे लगे हुए थे। पक्के घाट के दोनों ओर पान्थ-निवास

[पान्थ-निवास उस पेड़ को कहते हैं जो केला जैसा होता है, जिसके डण्ठल से, सांग मारने पर, गिलास, लोटा-दो लोटा शीतल जल, पीने लायक अति-सुस्वादु निकलता है।] की झाड़ें थीं। इसी का एक गिलास पानी और दो समोसे एक सन्देस और एक मोतीचूर लिये एक परिचारिका कुंज की दूसरी तरफ़ की बेंच के सामने पड़ी टेबल के पास गयी और ट्रे रख दिया। एम.ए. अंग्रेजी साहित्य की विद्यार्थिनी विद्या मिल्टन लिये Of man's first disobedience की पूरी-पूरी हक़ीक़त की छानबीन करती भाव में डूबी थी। जलपान आया देखकर उठकर बैठ गयी। इधर श्यामनाथ–

त्वद्वापीषु पयस्त्वदीयमुकुरे ज्योतिस्त्वदीयांगणे।
व्योम्नि व्योम त्वदीयवर्त्मनि धरात्वत्तालवृन्तेऽनिलः॥

[तुम्हारी वापी में पय, तुम्हारे आईने में ज्योति, तुम्हारे आँगन पर के आकाश में आकाश, तुम्हारी राह पर धरा, तुम्हारे ताल के पंखे में अनिल जाये।] का पाठ कर रहा था। जब मधुर आवाज़ आती सुनायी दी–श्याम, कुछ जलपान कर लो। श्याम उठकर विद्या की तरफ़ गया। 'चौर पंचाशिका' एक हाथ में दबी हुई थी। एक समोसा उठाकर खाया, फिर गिलास भर रखा रोज़ उठाकर पीने लगा। विद्या ने नाश्ता करके पान्थ-निवास का पानी पिया। नाश्ता करते-करते कहा–Shyam, you did not take a little of it even? [तुमने ज़रा भी नहीं लिया?]

श्याम–किंचित्पूर्व गृहीतं मया, विद्ये तदेतदत्यधिकं भवति। [कुछ पहले मैं ले चुका हूँ, विद्या यह ज्यादा होगा।]

विद्या ने कहा–I offered Sanskrit upto B. A. standard, but because of love, may be other unknown reason, I pick up English for M. A. and Doctorate. Perhaps I cannot satisfy you in Sanskrit conversation if you equally do not lack English to manage, [बी.ए. तक मैंने संस्कृत ली हुई थी, परन्तु प्रेम के कारण हो या दूसरे न-जाने किसी मतलब से मैंने एम.ए. के लिए अंग्रेजी चुनी, और आगे डॉक्टरेट तक लेने का विचार है। शायद बातचीत में संस्कृत बोलती हुई तुमको मैं ख़ुश न कर सकूँगी अगर वैसे ही तुमको अंग्रेजी के निबाह में दिक्क़त नहीं है।]

श्याम–सत्यमायात्यन्त रायः। जानाम्यहं, कथ्यते च, परन्तु स्वरैर्नोच्यते। [सच है कि रुकावट पड़ती है। जानता हूँ और कहा भी जाता है, परन्तु शब्दों से पूरा न उतारा जा सकेगा।]

विद्या—It is very sweet and full of fascinations, if you be charmed sooner or later to master the language. [यह बड़ी मधुर और ख़ुशनुमाइयों से भरी ज़बान है, अगर देर-सबेर अधिकारी बनाने के लिए यह तुमको खींच न ले।]

श्याम—कालिदासादधिकोऽधिष्ठितोऽस्ति कोऽपि न मया ज्ञातं। स्थिते सत्यस्मिन्। अधिकरिष्यति कोप्यन्यो नाहमनुभवामि। [कालिदास से बड़ा लब्धकीर्ति वाला कोई है, मुझको नहीं मालूम; ऐसे के रहते कोई दूसरा अधिकार जमा लेगा ऐसा मुझको अनुभव नहीं होता।]

But what may be the language between if I like to stay perpetually with you in matrimonial knot ? Do you admit that Tulsidas in Hindi is in the van of world μpoets and his Ramcharitmanasa is the best product? [अगर हमेशा के लिए वैवाहिक-ग्रन्थि में बँधकर तुम्हारे साथ मुझको रहना हुआ तो बातचीत की समझौते वाली कौन-सी भाषा होगी? क्या तुम मानते हो कि हिन्दी के तुलसीदास, संसार के कवियों के अग्रगण्य हैं और उनका रामचरितमानस सर्वोत्तम कृति है?] विद्या ने पढ़ाई के नशे से भरी बड़ी-बड़ी आँखें श्याम की आँखों पर रखते हुए कहा।

श्याम ने कहा—संस्कृतं, विशुद्धीकृतास्ति भाषा। आंग्लभाषामपि वदन्ति वैदेशिका: बहुभाया-मिश्रण संजाता भवति। वयं संस्कोपचारिणो हिन्दीं समभावेन वदाम:? यदि न बाधते उच्यते तदा। [संस्कृत, यह सँवारी हुई भाषा है। अंग्रेजी भाषा के लिए भी विदेशियों का कहना है कि कई भाषाओं के मेल से तैयार हुई है। हम संस्कृत को काम में लाने वाले समभाव से हिन्दी बोलते हैं, अगर रुकावट न हो तो, कहो।]

विद्या ने कहा—"हाँ, हम बोल सकते हैं मगर हमको विलायत जाना होगा। मम्मा कहती थीं, रीत-रस्म, पहनावा-उढ़ावा तौर जुदागाना रखेगा तो भाषा का हाथ और कहाँ तक फैलेगा कि हम निभ जायेंगे—ये पुराने पचड़े हमारे बाधक न होंगे?"

श्याम—"हाँ, ऐसी ही बात समझनी चाहिए जैसे मेरा नाम है श्याम और रंग है पीला। परन्तु कहा है—श्यामा, तप्तकाञ्चन-गौरांगी; पुन:, तन्वी श्यामा शिखरिदशना...।"

"बाह्योद्यानस्थितहरिशरश्चन्द्रिकाधौतहम्र्या" जैसे विद्या के प्रासाद-शिखर पर विशाल मूनलाइट जला दी गयी। कुंज पहले से और सुनसान हो गयी। मछलियाँ लइया वगैरह दिये खाने को खाकर पानी के अन्दर चली गयीं। कुंज के पास की सनलाइट की बत्ती जलाने वाले ने, स्टूल रखकर, चढ़कर जला दी। तालाब के इधर-उधर की बत्तियाँ भी रोशन कर दी गयीं। संध्या के प्राक्काल का दूसरा ही समा बँध गया। परिचारिका

ट्रे लेकर चली गयी। विशाल मन्दिर से आरती होने के साथ बजते घड़ी-घंटे की आवाज़ आने लगी। इसके बन्द होने पर मधुर तालस्वर से शहनाई बजने लगी। विद्या ने ललित अंजलि बाँधकर अपने इष्टदेव को नमस्कार किया। श्याम ने विद्या का अनुकरण करते हुए साथी का सच्चा उद्देश्य समझाया, गोकि भीतर से श्याम ब्रह्मवादी था, कलकत्ते के ठाकुर परिवार से उसका रिश्ता पहुँचता था। बग़ल में बैठे हुए श्याम ने कहा–"पश्य, विद्ये, यदा पार्थक्यं वर्तते, अस्माकं अनुधावनीयं भवतु न वाऽस्माकं गुरुजनैनीनुकार्या दृश्यते कदाचिदुद्वाहबन्ध:।" [देखो विद्या! जब फ़र्क़ मौजूद है, हम दोनों के बीच वह मान्य हो या न हो (जैसे रोमियो जूलियट में) हमारे गुरुजनों द्वारा कदाचित् ऐसा विवाहबंधन बरता नहीं जाता।]

विद्या–You mean, this greatness in riches and order more will not side with, in, but subside because of this great valolur of match's scholarship, as the bride is layman, not leman at all. [क्या तुम्हारा मतलब है–धन और मान की यह ऊँचाई ज़्यादा साथ पूरा न करेगी, बल्कि वर की विद्वता की विशाल कृति में डूब जायेगी, जैसे दूल्हन कोई मज़दूरन हो; कोई परीजाद कतई नहीं।]

'सत्यमुक्तवती' [सच कहा] श्याम ने कहा–'कालिदासे सर्वमेव दर्शनीयम्।' [कालिदास में यह सब देखने को मिलता है।]

आकाश में तारे नज़दीक वाले उगते चले आ रहे हैं। चाँद का हिसाब मूनलाइट और सनलाइट से पूरा हुआ दिखता है। जैसे मारे ख़ुशी के बीसियों चेहरों से ज़मीन पर उतर आया है। हवा सबके हृदयों को हृदय से लगाती हुई संगीत की ताल पर जैसे बहती चली जाती है। सन्तरी एक ड्योढ़ी से दूसरी ड्योढ़ी के सन्तरी को आवाज़ से पुकारकर फ़रमाइश की चीज़ भेजने के लिए कहता है, जो उस ड्योढ़ी के पास के पास मालख़ाने से उपलब्ध है। रात के भोजन-पान के काम करने वाले नौकर पक्के घाट पर बार-बार आते-जाते हुए रौनक बढ़ा रहे हैं। एक तरफ़ से चित्रशाला की वीणा की आवाज़ गूँज जाती है। सामने दूर की गारद के बरामदे पर पाँच-सात कसरती सिपाही लंगोटे बाँधकर कसरत कर रहे हैं।

विद्या ने कहा–If not Miltonic combustion, I do not dare keep Kalidas in front of the world & poets. Sorry that you slipped from Shakespearean style of idiomatic English. [अगर मिल्टन वाली आग नहीं, मेरी हिम्मत नहीं कि कालिदास को संसार के कवियों में सिरा रखूँ। अफसोस है कि शेक्सपियर की बामुहाविरा अंग्रेजी स्टाइल से तुम फिसल गये।]

श्याम ने कहा–नास्माकं प्रतिरोधो वर्तते परन्तु हेयास्ते जना:, मन्ये, सौष्ठवं नानुकुर्वन्ति, तस्मादपसरन्ति च। न पाशविक विकारेऽस्मि दानव: परन्त्वनुगमनादागच्छामि, स्वकीय: पन्था हि प्रशस्ततर:। [हमारा विरोध नहीं, परन्तु हम उनको हेय समझते हैं, जो सौष्ठव का अनुकरण छोड़ देते हैं और उससे हट जाते हैं। मैं पाशविक विकार-ग्रस्त दानव नहीं परन्तु अनुगमन करता हुआ, अपना ही रास्ता अधिक चौड़ा है, यह समझा।]

I follow your stately, dictation, and as you are not in dark so also if not at fingers' ends Sanskrit in not Latin to me, though I determine to select either Latin or Greek after Complete quest for knowledge in English : so better if equally without bathing into the Ganges of English literature you keep reverence over your betters in other sections. [तुम्हारे ऊँचे निर्देशन को मैं मानती हूँ और जैसे तुम अँधेरे में नहीं, वैसे ही अगर संस्कृत मेरी उँगलियों के पोरों में नहीं गिनी, मेरे लिए विजातीय दुरूह भाषा (Latin) नहीं, जब भी मैं समझती हूँ; अंग्रेजी के ज्ञान की तलाश पूरी करने के बाद मैं पढ़ने के लिए लेटिन या ग्रीक चुनूँगी। इसलिए भला है अगर बराबरी के समझौते के साथ अंग्रेजी की गंगा नहाये बिना तुम दूसरी शाखाओं के बड़ों पर सम्मान रखो।]

'नास्माकं जाड्यमत्र' [इस विषय में हमारी जड़ता नहीं] श्याम ने कहा–"सौष्ठवात् कथितं बिना नान्यद्गृहणामि।" [जबकि 'सौष्ठव से' कह चुका हूँ 'और कुछ ग्रहण करने को मैं तैयार नहीं।'

विद्या ने कहा–"I admit you are true to your waters." [मानती हूँ कि तुम अपने मनोभाव के सच्चे हो।] आँखें झुक गयीं।

मोटर बढ़ती हुई सड़क के पास आकर लगी जो श्याम के सबसे नज़दीक थी। श्याम ने कहा–विद्ये! गच्छामि।

विद्या उठकर खड़ी हो गयी। श्याम नमस्कार करके मोटर की तरफ़ बढ़ा। श्याम को लेकर मोटर धीरे-धीरे विद्या की नज़र से ओझल हो गयी।

भक्त और भगवान

भक्त साधारण पिता का पुत्र था। सारा सांसारिक ताप पिता के पेड़ पर था, उस पर छाँह। इसी तरह दिन पार हो रहे थे। उसी छाँह के छिद्रों से रश्मियों के रंग, हवा से फूलों की रेणु-मिश्रित गन्ध, जगह-जगह ज्योतिर्मय जल में नहायी भिन्न-भिन्न रूपों की प्रकृति को देखता रहता था। स्वभावत: जगत् के करण-कारण भगवान पर उसकी भावना बँध गयी।

पिता राजा के यहाँ साधारण नौकर थे। उसे इसका ज्ञान रहने पर भी न था। लिखने के अनुसार उसकी उम्र का उल्लेख हो जाता है। इस समय एक घटना हुई। गाँव के किनारे, कुएँ पर एक युवती पानी भर रही थी। पकरिए के पेड़ के नीचे एक बाबा तन्मय गा रहे थे–'कौन पुरुष की नार झमाझम पानी भरे?' युवती घड़ा खींचती दाहिनी ओर के दाँतों से घूँघट का छोर पकड़े, बायें झुकी आँखों में मुस्करा रही थी। तरुण भक्त की ओर मुँह था। बाबा जी की ओर दाहिने अंगों से पर्दा।

भक्त का विद्यार्थी-जीवन था। उसने पढ़ा। विस्मित हो गया। देवी को मन में प्रणाम कर आगे बढ़ा। गाँव की गली में साधारण किसानों की भजन-मण्डली जमी थी। खँझड़ी पर लोग समस्वर से गा रहे थे–

'कहत कोउ परदेशी की बात-
कहत कोउ परदेशी की बात!
वह तरु-लता, वइ द्रुम-खंजन,
वइ करील, वइ पात!
जब ते बिछुरे स्याम साँवरे,
ना कोउ आवत जात।'

तरुण युवक खड़ा हो गया। अच्छा लगा। एक पेड़ की जड़ पर बैठकर एकचित्त सुनता रहा। कितने भाव प्राणों में जगकर उथल-पुथल मचाने लगे–'यह परदेशी की बात कौन कहता है? क्या कहता है? तरु-लता-द्रुम-खंजन आदि वही सब अब भी हैं, पर श्याम बिछुड़ गये हैं, इसलिए तो वह सब सूना हो रहा है? वहाँ कोई नहीं आता-जाता–यह परदेशी की कैसी बात है?' कितने विचार बह गये। वह सुनता रहा–अज्ञात भी कितना कह गये। फिर सब भूल गया। एक होश रहा, यह परदेशी कौन है? क्या कहा, यह साँवरे श्याम कैसे बिछुड़े?–फिर भी परदेशी की बात कहने में इनका अस्तित्व है।

चुपचाप उठकर वह चला गया। गाँव से बाहर एकान्त में, एक रास्ते के किनारे, चढ़ी मालती के बड़े पीपल के नीचे बँधे पक्के चबूतरे पर महावीर जी की सुन्दर मूर्ति स्थापित थी, वहीं जाकर बैठ गया। विशद विचार का नशा था ही। लड़ी आप फैल चली। तुलसीदास की याद आयी। महावीर जी तुलसीदास जी और श्रीरामायण से हिन्दी-भाषी पठित हिन्दू-मात्र का जीवन-संबंध है। मन सोचने लगा। तुलसीदास की सिद्धि के कारण महावीर जी हैं। सामने सिन्दूर की सजी सुन्दर मूर्ति पर सूर्य की किरणें पड़ रही थीं। देखकर भक्ति-भाव से प्रणाम किया। अर्थ कुछ नहीं समझा। पर उस पत्थर की मूर्ति पर प्राण मुग्ध हो गये। यह एक संस्कार था–एक मूर्ख संस्कार, जिसे ब्रह्मभाव के लोग आज कुसंस्कार कहते हैं, वृहत्तर के निर्माण के लिए प्रयत्न पर हैं।

'खसी माल मूरति मुसकानी' वह नहीं समझा; पर खसी माल वाली–बिना माला की मूर्ति मुस्करायी। उसने केवल देखा, सामने एक पुराने कलमी आम के पेड़ पर नयी जंगली बेले की लता पूरी फूली हवा में हिल रही है। तरुण भक्त की इच्छा हुई, माला गूँथकर महावीर जी को पहनायें। सामने केले लगे थे। एक पत्ता बीच से तोड़कर पैनी लकड़ी से काट लिया और पेड़ पर चढ़कर, उसी के बनाये दोनों में फूल तोड़-तोड़कर रखने लगा। फिर गुर्च-जैसी एक लता की पतली लड़ी तोड़कर, उसी चबूतरे पर बैठकर माला गूँथने लगा। पूरी होने पर महावीर को पहनाकर देखा। कोई हँस दिया–वह नहीं समझा। प्रणाम कर चला गया।

वह विवाहित था। घर आया, सिन्दूर का सुहाग धारण किये नवीन पत्नी खड़ी थी, आँखों में राज्य-श्री उतरकर अभिनन्दन कर रही थी–वह मुस्करायी; पर वह फिर भी नहीं समझा।

भक्त की ऋतुएँ बहुत धीरे-धीरे वेश बदलती हुई चलती हैं। पर इतनी सुन्दर हैं, इतनी कोमल और इतनी मनोरम कि वहाँ प्रखरता का कोई भी निर्झर-स्वर नहीं, जो शैलोच्च प्रकृति से उतरता हुआ हरहराता हो, वहाँ केवल मर्मरोज्ज्वल तरंग भंग है।

भक्त का नाम निरंजन था। सम्पत्ति के संबंध में भी वह निरंजना था। केवल भक्ति थी। भक्ति बुद्धि नहीं, पर पूजा चाहती है। पूजा के लिए सामग्री एकत्र करने की विधि वह नहीं बताती, विधि आप विधान देते हैं।

भक्त ने देखा, राजा का सरोवर सरोरुहों से पूर्ण है। नील जलराशि पर हरे पत्र, उनके बीच वृन्त उठे, उन पर डोलते हुए कमल, उन पर काँपती हुई किरणें। भक्त ने देखा, ये श्वेत-कमल श्वेत होकर भी कैसी अंजलि बाँधे हुए हैं; इच्छा हुई, इन्हें महावीर पर चढ़ावें। छलाँग मारकर पानी में कूद पड़ा। जल 'छल छल' करता छलकता हुआ, तरंगों से वर्तित हो चला। वह तैरने लगा। नाल और नालों के काँटे रोकने लगे—लिपटकर, छिदकर, खरोंचते रहे; पर उसे केवल महावीर जी, पूजा और कमलों का ध्यान था—तैरता-तोड़ता, तट-जल पर फेंकता रहा। फिर निकलकर उठा लिये। चबूतरे पर जाकर भक्ति-भाव से सजाने लगा। मूर्ति वीर-मूर्ति न थी। हाथ जोड़े हुए थी। दोनों बग़लों में, कन्धे के बीच कानों के नीचे, पैरों के नीचे, पैरों से लेकर ऊपर तक मूर्ति को श्वेत-कमलों से सुवासित कर दिया। सिर के लिए एक सनाल कमल की गुड़री बनायी। पहनाने लगा, आगे भार अधिक होने के कारण अर्द्धविकच कमल गिरने लगा—सँभालकर, दबाकर पहना दिया। देर तक तृप्ति की दृष्टि से देखता रहा, जैसे कमल उसी के हों, इस सारी शोभा पर उसी की दृष्टि का पूरा अधिकार हो।

घर आकर बड़ी प्रसन्नता से रात के भोजन के बाद सोया। मस्तिष्क स्निग्ध था। बात-ही-बात में नींद आ गयी। रात पिछले पहर की थी। स्वप्न देखने लगा। इसे आजकल के लोग संस्कार कहेंगे, पर इसकी पूरी व्याख्या करते नहीं पढ़ा गया। देखा, महावीर जी की वही भक्तिमूर्ति सामने मुस्कराती हुई खड़ी है। कह रही है–'बन्धु, तुमने अपनी पूजा का स्वार्थ देखा, पर मेरे लिए कुछ भी विचार नहीं किया। कमल-नाल की गुड़री इतनी ज़ोर से तुमने गड़ायी कि उसके काँटे मेरे रस में छिद गये हैं, दर्द हो रहा है।' भक्त वज्रांग की वाणी सुनकर चकित था, साथ आनन्द में मत्त कि वज्रांग इतने कोमल हैं।

वह मूर्ति धीरे-धीरे अदृश्य हो चली। साथ भक्त की पत्नी अँधेरे के प्रकाश में उठती हुई सामने आयी। सिर पर सिन्दूर चमक रहा था। महावीर जी अदृश्य होते

हुए बदल गये–'इनके मस्तक पर क्या है?' भक्त को ताज्जुब में देखकर पत्नी बोली–"प्रिय, महावीर को मैं मस्तक पर धारण करती हूँ।" स्वप्न में भक्त ने पूछा–"मैं नहीं समझा–अर्थ क्या है?" बड़ी रहस्यमयी मुस्कान आँखों में दिखायी दी। "उठो" पत्नी ने कहा–"अर्थ सब मैं हूँ–मुझे समझो।" भक्त की आँखें खुल गयीं। जगकर देखा, पत्नी घोर निद्रा में सो रही है। उसका दाहिना हाथ उसके हृदय पर रखा है, जैसे उसके हृदय के यन्त्र को स्वप्न के स्वरों में उसी ने बजाया हो। खिड़की से उषा की अंधकार पार करने वाली तैरती छवि, दूर जगत् की मधुर ध्वनि की तरह, अस्पष्ट भी स्पष्ट प्रतीत हो रही थी। भक्त ने उठकर बाहर जाना चाहा। धीरे-से, हृदय से प्रिया का हाथ उठाकर चूमा, फिर सघन जाँघ पर सहारे से प्रलम्ब कर एक बार मुँह देखा–खुले, प्रसन्न, दिव्य, भाल पर अंधकार बालों को चीरने वाली माँग में वैसा ही शोभन सिन्दूर दीपक-प्रकाश में जाग्रत था। कमल आँखें मुँदी हुईं। कपाल, भौंह, गाल, नाक, चिबुक आदि के कितने सुन्दर कमल सुहाग सिन्दूर पर चढ़े हुए हैं। देखकर चुपचाप उठकर बाहर चला गया।

भक्त की भावना बढ़ चली। प्राणों में प्रेम पैदा हो गया। यह बहुत दूर का आया प्रेम है; यह वह न जानता था। क्योंकि वह जाग्रत लोक में ज़्यादा बँधा था। उसकी मुक्ति जाग्रत की मुक्ति थी। खाने-पीने रहने-सहने की मामूली बातों से निवृत्त हो, इतना ही समझता था। स्वप्न के बाद तमाम दिन एक प्रसन्नता का प्रवाह बहा– पहले-पहल जवानी में ब्याह होने पर जैसा होता है।

आज फिर अच्छी पूजा की इच्छा हुई। सरोवर के किनारे से दूसरों की आँख बचाकर ऊँची चारदीवार की बग़ल-बग़ल जाने लगा। बारहदरी के पिछवाड़े, एक दूसरे सरोवर के किनारे, गुलाब बाग़ था। दाहिने आमों की श्रेणी। बीच में बड़ा रास्ता। राहियों की नज़र से ओझल पड़ता था। चुपचाप, केले का एक वैसा ही आधार लिये बाग़ में पैठा। बसरा, विलायत, फ्रांस आदि देशों के तरह-तरह के बने और हल्के लाल, गुलाबी, पीले गुलाब हिल रहे थे, जैसे हाथ जोड़े आकाश की स्तुति कर रहे हों–'खेसंभवं शंकरम्-खेसंभवं शंकरम्' मौन वीणा बजा रही हो सुगंध की झंकारें दिशाओं को आमोद-मुग्ध करती हुई।

क्षण-भर शोभा देखकर गुलाब तोड़ने लगा। ध्यान महावीर जी की ओर बह रहा था। साक्षात् भक्ति जैसे वीर की सेवा में रत हो।

लौटकर आज लाल को लाल करने चला। सिन्दूर पर गुलाब की शोभा चढ़ी। सुन्दर सब समय सुन्दर है। सजाकर देर तक देखता रहा, यही पूजा थी।

घर आया। पत्नी ने नयी साड़ी पहनी थी, गुलाबी। देखकर भक्त हँसा। रात का स्वप्न मस्तिष्क में चक्कर काटने लगा। कहा–“तुम मन की बात समझती हो।”

सहज सरलता से पत्नी ने कहा–“तुम जैसा पसन्द करते हो, मैं वैसा करती हूँ।”

भक्त की इच्छा हुई रात की बात कहे; पर किसी ने रोक दिया। सिर झुकने लगा–न झुकाया। पत्नी सिर झुकाये मुस्करा रही थी। मस्तक का सिन्दूर चमक रहा था। देखकर भक्त चुप हो गया।

उसकी पत्नी का नाम सरस्वती था। पति को चुप देखकर बोली–“मेरा नाम सरस्वती है, पर मैं सजकर जैसे लक्ष्मी बन गयी हूँ।” यह छल भक्त को हँसाने के लिए था, पर भक्त ने सोचा, यह मुझे समझाना है कि तुम विष्णु हो। वह और गम्भीर हो गया। मन में सोचा, यह सब समझती है।

कुछ दिनों बाद एक आवर्त आया। भक्त के घर वाले ईश्वर के घर चले गये। धैर्य से उसने यह प्रहार सहा। पहले उसकी पत्नी मरी थी। घर बिलकुल सूना हो गया।

एक दिन पड़ोस की एक भाभी मिलीं। कहने लगीं–“भैया, ऐसी देवी तुम्हें दूसरी नहीं मिल सकती, चाहे तुम दुनिया देख डालो। उसने दो साल पहले मुझसे कहा था, ‘दीदी, मैं दो साल और हूँ’।” भक्त दंग हो गया। पहले के उसके भी संस्कार उग-उगकर पल्लवित हो चले। वह नहीं समझा कि एक अपनी जन्मपत्रिका पढ़ते हुए पत्नी से उसने कहा था कि दो साल बाद दारा और बन्धुओं से वियोग होगा, लिखा है; इसे उसकी पत्नी प्रमाण की तरह ग्रहण किये हुए थी, और इसी के आधार पर दीदी से भविष्यवाणी की थी।

पत्नी की समझ को उसी से सिन्दूर की तरह सिर पर धारण कर वह महावीर जी की सेवा में लीन हुआ। अब रामायण भी उन्हें पढ़कर सुनाया करता था।

रामायण के ऊँचे गूढ़ अर्थ अभी मस्तिष्क में विकास प्राप्त नहीं कर सके। पत्नी के बाद पिता तथा अन्य बन्धुओं का भी वियोग हुआ था। राजा ने दया करके एक साधारण नौकरी उसे दी।

उन्हीं दिनों श्रीपरमहंस देव के शिष्य स्वामी प्रेमानन्द जी को राजा के दीवान अपने यहाँ ले गये। राजा की परमहंसदेव के शिष्यों पर विशेष श्रद्धा न थी। वह समझते थे, साधु महात्मा वह है ही नहीं, जिसके तीन हाथ की जटा, चिमटा न हो, चिलम भी होनी चाहिए और धूनी भी, तभी राजा भक्तिपूर्वक गाँजा पिलाने को राजी

होते। परन्तु राजा के पढ़े-लिखे नौकर पुराने महात्माओं को जैसा घोंघा समझते थे, राजा को उससे बढ़कर खाजा।

स्वामी प्रेमानन्द जी का बड़े समारोह से स्वागत हुआ। भक्त भी था। दीवान था। दीवान साहब भक्त की दीनता से बड़े प्रसन्न थे। भक्त ने स्वामी जी की माला तथा परमहंसदेव की पूजा के लिए खूब फूल चुने। स्वामी जी मालाओं में भर गये। हँसकर बोले–'तोरा आमा के काला करे दिली।' (तुम लोगों ने मुझे काली बना दिया।)

भक्त नहीं समझा कि उस दिन उसके सभी धर्मों का वहाँ समाहार हो गया–ब्रह्मचारी महावीर, उनके राम, देवी और समस्त देव-दर्शन उन जीवित संन्यासी में समाकृत हो गये।

बड़ी भक्ति से परमहंसदेव का पूजन हुआ; दीवान साहब कबीर साहब का बंगला-अनुवाद स्वामी जी को सुना रहे थे, राज्य के अच्छे-अच्छे कई अफ़सर एकत्र थे, भक्त तुलसीकृत रामायण सुनाने को ले गया और स्वामी जी की आज्ञा पा पढ़ने लगा। स्थल वह था, जहाँ सुतीक्ष्ण राम जी से मिले हैं, फिर अपने गुरु के पास उन्हें ले गये हैं। स्वामी जी ध्यानमग्न बैठे सुनते रहे। "श्यामतामरस-दाम शरीरम्; जटा-मुकुट-परिधन-मुनि-चीरम्।" आदि साहित्य-महारथ महाकवि गोस्वामी तुलसीदास की शब्द-स्वर-गंगा बह रही थी, लोग तन्मय मज्जित थे। स्वामी जी के भाव का पता न था। भक्त कुछ थक गया था। पूर्ण विराम वाला दोहा आया, स्वामी जी ने बन्द कर देने के लिए कहा।

फिर तरह-तरह के धार्मिक उपदेश होने लगे। स्वामी जी ने दीवान साहब से हर एकादशी महावीर-पूजन और रामनाम-संकीर्तन करने के लिए कहा।

भक्त को नौकरी नहीं अच्छी लगती थी। मन पूजा के सौन्दर्य-निरीक्षण की ओर रहता था। तहसील-वसूल, जमा-ख़र्च, खत-किताब, अदालत-मुकदमा आदि राज्य के कार्य प्रतिक्षण सर्प-दंशवत् तीक्ष्ण ज्वालामय हो रहे थे, हर चोट महावीर जी की याद दिलाने लगी। मन में घृणा भी हो गयी, राजा कितना निर्दय कितना कठोर होता है। प्रजा का रक्त-शोषण ही उसका धर्म है।

उसने नौकरी छोड़ने का निश्चय कर लिया। उस रोज़ शाम को महावीर जी को प्रणाम करके चिन्तायुक्त घर लौटा। घर में दूसरा कोई न था, भोजन स्वयं पकाता था। खा-पीकर सोचता हुआ सो रहा।

समय समझकर महावीर जी फिर आये। उसने आज महावीर जी की वीरमूर्ति देखी। मन इतने दूर आकाश पर था कि नीचे समस्त भारत देखा; पर यह भारत न था–साक्षात् महावीर थे, पंजाब की ओर मुँह, दाहिने हाथ में गदा–मौन शब्द–शास्त्र, बंगाल के ऊपर दायें–बायें पर हिमालय–पर्वत की श्रेणी, बग़ाल के नीचे बंगोपसागर, एक घुटना वीर–वेश–सूचक, टूटकर गुजरात की ओर बढ़ा हुआ, एक पैर प्रलम्ब–अँगूठा कुमारी–अन्तरीप, नीचे राक्षस–रूप लंका–कमल–समुद्र पर लिखा हुआ।

ध्वनि हुई–"वत्स, यह वीर–रूप समझो।" इसके बाद स्वामी प्रेमानन्द जी की प्रशान्त मूर्ति उषा के अरुण प्रकाश की तरह भक्त के सुन्दर मन के आकाश से भी ऊँचे उगी। ध्वनि हुई–"वत्स, यह सूक्ष्म भारत है, इससे नीचे नहीं उतर सकते; इनका प्रसार समझ के पार है।" एक बार सूर्य दिखायी दिया, फिर अगणित तारे, प्रकाश मन्दतर होता हुआ विलीन हो गया।

फिर उसके पूजित महावीर जी की वही भक्त–मूर्त्ति आयी, हाथ जोड़े हुए। उसी मुख से निर्गत हुआ–"मैं इसी तत्त्व को हाथ जोड़े हुए हूँ–यही मेरे राम हैं, तुम इसी तरह रहो। किसी कार्य को छोटा न समझो, न किसी की निन्दा करो।"

अंधकार जल पर एक कमल निकला, हाथ जोड़े हुए बोला–"मैं तो राजा का था, तुमने मुझे क्यों तोड़ा?" फिर गुलाब हिल–हिलकर कहने लगे–"मुझे छूने का तुम्हें क्या अधिकार था?" हाथ जोड़े हुए महावीर जी बोले–"वत्स, यहाँ कौन–सी चीज़ राजा की नहीं है–यह मूर्ति किसकी खरीदी है? कौन पुजवाता है?"

स्वप्न में आतुर होकर भक्त ने कहा–"ये ग़रीब मरे जा रहे हैं–इनके लिए क्या होगा।"

"ये मर नहीं सकते। इनके लिए वही है, जो वहाँ के राजा के लिए, इन्हें वही उभाड़ेगा, जो वहाँ के राजा को उभाड़ता है, तुम अपने में रहो। दूर मत आओ।"

मन धीरे–धीरे उतरने लगा। देखा, आकाश की नीली लता में सूर्य, चन्द्र और ताराओं के फूल हाथ जोड़े खिले हुए एक अज्ञात शक्ति की समीर से हिल रहे हैं, पृथ्वी की लता पर पर्वतों के फूल हाथ जोड़े आकाश को नमस्कार कर रहे हैं। आशीर्वाद की शुभ्र हिम–धारा उन पर प्रवाहित है; समुद्रों की फैली लता में आवर्तों के फूल खुले हुए अज्ञात किसी पर चढ़ रहे हैं; डाल–डाल की बाहें अज्ञात की ओर पुष्प बढ़ाये हुए हैं। तृण–तृण पूजा के रूप और रूपक हैं। इसके बाद उन्हीं पुष्पों के पूजा–भावों में छन्द और ताल प्रतीयमान होने लगे–सब जैसे आरती

करते हिलते, मौन भाषा में भावना स्पष्ट करते हों, सबसे गन्ध निर्गत हो रही है, सत्य की समीर वहन कर रही है, पुष्प-पुष्प पर कहीं से अज्ञात आशीर्वाद की किरणें पड़ रही हैं, इसके बाद उसकी स्वर्गीया प्रिया वैसी ही सुहाग का सिन्दूर लगाये हुए सामने आयी।

"वत्स, यह मेरी माता देवी अंजना है। इनके मस्तक पर देखो।" उसी भक्तमूर्ति की ध्वनि आयी।

मस्तक पर वीर-पूजा का वही सिन्दूर शोभित था। मुस्कराकर देवी सरस्वती ने कहा–"अच्छे हो?"

आँख खुल गयी, कहीं कुछ न था।

चतुरी चमार

चतुरी चमार, डाकख़ाना चमियानी, मौजा गढ़ाकोला, जिला उन्नाव का एक कदीमी बाशिन्दा है। मेरे ही नहीं, मेरे पिता जी के, बल्कि उनके भी पूर्वजों के मकान के पिछवाड़े कुछ फ़ासले पर, जहाँ से होकर कई और मकानों के नीचे और ऊपर वाले पनालों का, बरसात और दिन-रात का शुद्धाशुद्ध जल बहता रहता है, ढाल से कुछ ऊँचे एक बग़ाल चतुरी चमार का पुश्तैनी मकान है। मेरी इच्छा होती है, चतुरी के लिए 'गौरवे बहुवचनम्' लिखूँ, क्योंकि साधारण लोगों के जीवनचरित्र या ऐसे ही कुछ लिखने के लिए सुप्रसिद्ध संपादक पं. बनारसीदास चतुर्वेदी द्वारा दिया हुआ आचार्य द्विवेदी जी का प्रोत्साहन पढ़कर मेरी श्रद्धा बहुत बढ़ गयी है, पर एक अड़चन है, गाँव के रिश्ते में चतुरी मेरा भतीजा लगता है। दूसरों के लिए वह श्रद्धेय अवश्य है क्योंकि वह अपने उपानह-साहित्य में आजकल के अधिकांश साहित्यिकों की तरह अपरिवर्तनवादी है। वैसे ही देहात में दूर-दूर तक उसके मज़बूत जूतों की तारीफ़ है। पासी हफ़्ते में तीन दिन हिरन, चौगड़े और बनैले सुअर खदेड़कर फाँसते हैं, किसान अरहर की ठूँठियों पर ढोर भगाते हुए दौड़ते हैं–काँटीली झाड़ियों को दबाकर चले जाते हैं, छोकड़े बेल, बबूल, करील और बेर के काँटों के भरे रूँधवाये बाग़ों से सरपट भागते हैं, लोग जेंगरे पर मड़नी करते हैं, द्वारिका नाई न्योता बाँटता हुआ दो साल में दो हजार कोस से ज़्यादा चलता है, चतुरी के जूते अपरिवर्तनवाद के चुस्त रूपक जैसे टस से मस नहीं होते; यह ज़रूर है कि चतुरी के जूते जिला बाँदा के जूतों से वजन में हल्के बैठते हैं, सम्भव है, चित्रकूट के इर्द-गिर्द होने के कारण वहाँ के चर्मकार भाईयों पर रामजी की तपस्या का प्रभाव पड़ा हो, इसलिए उनका साहित्य ज़्यादा ठोस हुआ चतुरी वगैरह लखनऊ के नज़दीक होने के कारण नवाबों के साये में आये हों। उन दिनों मैं गाँव में रहता था। घर बग़ाल में होने के कारण,

घर बैठे ही मालूम कर लिया कि चतुरी चतुर्वेदी आदिकों से सन्त-साहित्य का कहीं अधिक मर्मज्ञ है, केवल चिट्ठी लिखने का ज्ञान न होने के कारण एक क्रिया होकर भी भिन्नफल है। वे पत्र-पुस्तकों के संपादक हैं, यह जूतों का। एक रोज़ मैंने चतुरी आदि के लिए चरस मँगवाकर अपने ही दरवाज़े पर बैठक लगवायी। चतुरी उम्र में मेरे चाचा जी से कुछ ही छोटा होगा, कई घरों के लड़के-बच्चे समेत 'चरस-रसिक रघुपति-पद नेहु' लोग आदि के सहयोग से मजीरेदार डफलियाँ लेकर वह रात आठ बजे आकर डट गया। कबीरदास, सूरदास, तुलसीदास, पलटूदास आदि ज्ञात-अज्ञात अनेकानेक सन्तों के भजन होने लगे। पहले मैं निर्गुण शब्द का केवल अर्थ लिया करता था, लोगों को 'निर्गुण पद है' कहकर संगीत की प्रशंसा करते हुए सुनकर हँसता था, अब गम्भीर हो जाया करता हूँ, जैसे उम्र की बाढ़ के साथ अक़्ल बढ़ती है। मैं मचिया पर बैठकर भजन सुनने लगा। चतुरी आचार्य कण्ठ से लोगों को भूले पदों की याद दिला दिया करता। मुझे मालूम हुआ, चतुरी कबीर-पदावली का विशेषज्ञ है। मुझसे उसने कहा–"काका, ये निर्गुण-पद बड़े-बड़े विद्वान नहीं समझते।" फिर शायद मुझे भी उन्हीं विद्वानों की कोटि में शुमार कर बोला–"इस पद का मतलब," मैंने उतरे गले से बात काटकर उभड़ते हुए कहा–"चतुरी आज गा लो, कल सुबह आकर मतलब समझाना। मतलब से गाने की तलब चली जायेगी।" चतुरी खखारकर गम्भीर हो गया। फिर उसी तरह डिक्टेट करता रहा। बीच-बीच में ओजस्विता लाने के लिए चरस की पुट चलती रही। गाने में मुझे बड़ा आनन्द आया। ताल पर तालियाँ देकर मैंने भी सहयोग दिया। वे लोग ऊँचे दर्जे के उन गीतों का मतलब समझते थे, उनकी नीचता पर यह एक आश्चर्य मेरे साथ रहा। बहुत-से गाने अलंकारिक थे। वे उनका भी मतलब समझते थे। एक बजे रात तक मैं बैठा रहा। मुझे मालूम न था कि 'भगत' कराने के अर्थ रात-भर गवाने के हैं। तब तक आधी चरस भी ख़त्म न हुई थी। नींद ने ज़ोर मारा, मैंने चतुरी से चलने की आज्ञा माँगी। चरस की ओर देखते हुए उसने कहा–"काका, फिर कैसे काम बनेगा?" मैंने कहा–"चतुरी, तुम्हारी काकी तो भगवान के यहाँ चली गयीं, जानते ही हो–भोजन अपने हाथ पकाना पड़ता है, कोई दूसरा मदद के लिए है नहीं, ज़रा आराम न करेंगे, तो कल उठ न पायेंगे।" चतुरी नाराज़ होकर बोला–"तुम ब्याह करते ही नहीं, नहीं तो तेरह काकी आ जायें, हाँ वैसी तो...।" मैंने कहा–"चतुरी, भगवान की इच्छा।" दुखी हृदय से सहानुभूति दिखलाते हुए चतुरी ने कहा–"काकी बहुत पढ़ी-लिखी थीं। मैंने कई चिट्ठियाँ उनसे लिखवायी हैं।" फिर जलती हुई चिलम में दम लगाकर धुआँ पीकर, सिर नीचे की ओर ज़ोर से दबाकर, नाक से धुआँ निकालकर बैठे गले से बोला–"काकी रोटी भी

करती थीं, बर्तन भी मलती थीं और रोज़ रामायण भी पढ़ती थीं, बड़ा अच्छा गाती थीं, काका, तुम वैसा नहीं गाते बुढ़ऊ बाबा (मेरे चाचा) दरवाज़े बैठते थे। भीतर काकी रामायण पढ़ती थीं। ग़ज़लें और न जाने क्या-क्या-टिल्लाना गाती थीं-क्यों काका?" मैंने कहा-"हूँ; तुम लोग चतुरी गाओ, मैं दरवाज़ा बन्द करके सुनता हूँ।" जगने तक भगत होती रही। फिर कब बन्द हुई, मालूम नहीं। जब आँख खुली, तब काफ़ी दिन चढ़ आया था। मुँह धोकर दरवाज़ा खोला, चतुरी बैठा एकटक दरवाज़े की ओर देख रहा था। कबीर-पदावली का अर्थ उससे किसी ने नहीं सुना। मैंने सुबह सुनने के लिए कहा था, वह आया हुआ है। मैंने कहा-"क्यों चतुरी रात सोये नहीं?" चतुरी सहज-गम्भीर मुद्रा से बोला-"सोकर जगे तो बड़ी देर हुई, बुलाने की वजह से आया हुआ हूँ।" जिनमें शक्ति होती है, अवैतनिक शिक्षक वही हो सकते हैं। मैंने कहा-"मैं तैयार हूँ, पहले तुम कबीर साहब की कोई उल्टबाँसी सीधी करो।" "कौन-सुनाऊँ।" चतुरी ने कहा-"एक से एक बढ़कर हैं। मैं कबीरपन्थी हूँ न काका, जहाँ गिरह लगती है, साहब आप खोल देते हैं।" मैंने कहा-"तुम पहुँचे हुए हो, यह मुझे कल ही मालूम हो गया था।" चतुरी आँख मूँदकर शायद साहब का ध्यान करने लगा, फिर सस्वर एक पद गुनगुनाकर गाने लगा, फिर एक-एक कड़ी गाकर अर्थ समझाने लगा। उसके अर्थ में अनर्थ पैदा करना आनन्द खोना था, जब वह भाष्य पूरा कर चुका, जिस तरह के भाष्य से हिन्दी वालों पर 'कल्याण' के निरमिष लेखों का प्रभाव पड़ सकता है, मैंने कहा-"चतुरी तुम पढ़े-लिखे होते तो पाँच सौ की जगह पाते।" ख़ुश होकर चतुरी बोला-"काका, कहो तो अर्जुनवा (चतुरी का सत्रह साल का लड़का) को पढ़ने के लिए भेज दिया करूँ, तुम्हारे पास पढ़ जायेगा, तुम्हारी विद्या ले लेगा, मैं भी अपनी दे दूँगा, तो कहो भगवान की इच्छा हो जाये तो कुछ हो जाये।" मैंने कहा-"भेज दिया करो। दिया घर से लेकर आया करे। हमारे पास एक ही लालटेन है, बहुत नज़दीक घिसेगा, तो गाँव वाले चौंकेंगे। आगे देखा जायेगा। लेकिन गुरु-दक्षिणा हम रोज़ लेंगे। घबराओ मत, सिर्फ़ बाज़ार से हमारे लिए गोश्त ले आना होगा और महीने में दो दिन चक्की से आटा पिसवा लाना होगा। इसकी मेहनत हम देंगे। बाज़ार तुम जाते ही हो।" चतुरी को इस सहयोग से बड़ी ख़ुशी हुई। एक प्रसंग पर आने के विचार से मैंने कहा-"चतुरी, तुम्हारे जूते की बड़ी तारीफ़ है।" ख़ुश होकर चतुरी बोला-"हाँ काका, दो साल चलता है।" उसमें एक दर्द भी दबा था। दुखी होकर कहा-"काका ज़मीदार के सिपाही को एक जोड़ा हर साल देना पड़ता है। एक जोड़ा भगतवा देता है, एक जोड़ा पंचमा। जब मेरा ही जोड़ा मज़े

में दो साल चलता है, तब ज़्यादा लेकर कोई चमड़े की बर्बादी क्यों करें?" कहकर डबडबायी आँखों से देखता हुआ जुड़े हाथों सेवई-सी बटने लगा।

मुझे सहानुभूति के साथ हँसी आ गयी। मगर हँसी को होंठों से बाहर न आने दिया। सँभलकर स्नेह से कहा–"चतुरी इसका वाजिब-उल-अर्ज में पता लगाना होगा। अगर तुम्हारा जूता देना दर्ज होगा, तो इसी तरह पुश्त-दर-पुश्त तुम्हें जूते देते रहने पड़ेंगे।"

चतुरी सोचकर मुस्कराया, बोला–"अब्दुल-अर्ज में दर्ज होगा, क्यों काका?" मैंने कहा–"हूँ, देख लो, सिर्फ़ एक रुपया हक़ लगेगा।"

वक़्त बहुत हो गया था। मुझे काम था। चतुरी को मैंने विदा किया। वह गम्भीर होकर सिर हिलाता हुआ चला। मैं उसके मनोविकार पढ़ने लगा–'वह एक ऐसे जाल में फँसा है, जिसे वह काटना चाहता है, भीतर से उसका पूरा ज़ोर उभड़ रहा है, पर एक कमज़ोरी है, जिसमें बार-बार उलझकर रह जाता है।'

अर्जुन का आना जारी हो गया। उन दिनों बाहर मुझे कोई काम न था, देहात में रहना पड़ा। गोश्त आने लगा। समय-समय पर लोग, पासी धोबी और चमारों का ब्रह्मभोज भी चलता रहा। घृतपक्व मसालेदार मांस की ख़ुशबू से जिसकी भी लार टपकी, आप निमन्त्रित होने को पूछा। इस तरह मेरा मकान साधारण जनों का अड्डा ही नहीं, बल्कि House of Commons हो गया। अर्जुन की पढ़ाई उत्तरोत्तर बढ़ चली। पहले पहल जब 'दादा, मामा, काका, दादी, नानी' उसने सीखा, तो हर्ष में उसके माँ-बाप सम्राट्-पद पाये हुए को छापकर छलके। सब लोग आपस में कहने लगे, अब अर्जुनवा 'दादा-दीदी' पढ़ गया। अर्जुन अपने बाप चतुरी को दादा और माँ को दीदी कहता था। दूसरे दिन उसके बड़े भाई ने मुझसे शिकायत की। कहा–"बाबा अर्जुनवा और तो सब लिख-पढ़ लेता है, पर भैया नहीं लिखता।" मैंने समझाया कि किताब में 'दादा-दादी' से भैया की इज्ज़त बहुत ज्यादा है, 'भैया' तक पहुँचने में उसे दो महीने की देर होगी।

धीरे-धीरे आम पकने के दिन आये। अर्जुन अब दूसरी किताब समाप्त कर अपने ख़ानदान में विशेष प्रतिष्ठित हो चला। कुछ नाज़ुक-मिज़ाज भी हो गया। मोटा काम न होता था। आम खिलाने के विचार से मैं अपने चिरंजीव को लिवा लाने के लिए ससुराल गया। तब उसकी उम्र 9-10 साल की होगी। सोम या चहुरुम में पढ़ता था। मेरे यहाँ उसके मनोरंजन की चीज़ न थी। कोई स्त्री भी न थी, जिसके प्यार से वह बहला रहता। पर दो-चार दिन के बाद मैंने देखा, वह ऊबा नहीं अर्जुन से

उसकी गहरी दोस्ती हो गयी है। वह अर्जुन का काका लगता था, जैसे मैं अर्जुन के बाप का। यद्यपि अर्जुन उम्र में उससे पौने दो पट था, फिर भी पद और पढ़ाई में मेरे चिरंजीव बड़े थे, घ़िर यह ब्राह्मण के लड़के भी थे। अर्जुन को नयी और इतनी बड़ी उम्र में उतने छोटे से काका को श्रद्धा देते हुए प्रकृति के विरुद्ध दबना पड़ता था। इसका असर अर्जुन के स्वास्थ्य पर तीन ही चार दिन में प्रत्यक्ष हो चला। तब मुझे मालूम न था, अर्जुन शिकायत करता न था। मैं देखता था, जब मैं डाकख़ाना या बाहर गाँव से लौटता हूँ, मेरे चिरंजीव अर्जुन के यहाँ होते हैं या घर ही पर उसे घेरकर पढ़ाते रहते हैं। चमारों के टोले में गोस्वामी जी के इस कथन को 'मनहु मत्त गजपन निरखि सिंह किसोरहिं चोप' वह कई बार सार्थक करते दिखायी पड़े। मैं ब्राह्मण-संस्कारों की सब बातों को समझ गया। पर उसे उपदेश क्या देता? चमार दबेंगे, ब्राह्मण दबायेंगे। दवा है, दोनों की जड़ें मार दी जायें, पर यह सहज-साध्य नहीं, सोचकर चुप हो गया।

मैं अर्जुन को पढ़ाता था तो स्नेह देकर, उसे अपनी ही तरह का एक आदमी समझकर उसके उच्चारण की त्रुटियों को पार करता हुआ। उसकी कमज़ोरियों की दरारें भविष्य में भर जायेंगी, ऐसा विचार रखता था। इसलिए कहाँ-कहाँ उसमें प्रमाद है, यह मुझे याद भी न था। पर मेरे चिरंजीव ने चार ही दिन में अर्जुन की सारी कमज़ोरियों का पता लगा लिया और समय-असमय उसे घर बुलाकर मेरी ग़ैर-हाज़िरी में उन्हीं कमज़ोरियों के रास्ते उसकी जीभ को दौड़ाते हुए अपना मनोरंजन करने लगे। मुझे बाद को मालूम हुआ।

सोमवार मियाँगंज के बाज़ार का दिन था। गोश्त के पैसे मैंने चतुरी को दे दिये थे। डाकख़ाना तब मगरायर था। वहाँ से बाज़ार नज़दीक है। मैं डाकख़ाने से प्रबन्ध भेजने के लिए टिकट लेकर टहलता हुआ बाज़ार गया। चतुरी जूते की दूकान लिये बैठा था। मैंने कहा–"कालिका (धोबी) भैया आये हैं, चतुरी हमारा गोश्त उनके हाथ भेज देना। तुम बाज़ार उठने पर जाओगे देर होगी।" चतुरी ने कहा–"काका एक बात है, अर्जुनवा तुमसे कहते डरता है, मैं घर आकर कहूँगा, बुरा न मानना लड़कों की बातों का।" 'अच्छा' कहकर मैंने बहुत-कुछ सोच लिया। बकर-कसाई के सलाम का उत्तर देकर बादाम और ठण्डाई लेने के लिए बनियों की तरफ़ गया। बाज़ार में मुझे पहचानने वाले न पहचानने वालों को मेरी विशेषता से परिचित करा रहे थे। चारों ओर से आँखें उठी हुई थीं। ताज्जुब यह था कि अगर ऐसा आदमी है, तो मांस खाना-जैसा घृणित पाप क्यों करता है। मुझे क्षण-मात्र में यह सब समझ

लेने का काफ़ी अभ्यास हो गया था। गुरुमुख ब्राह्मण आदि मेरे घड़े का पानी छोड़ चुके थे। गाँव तथा पड़ोस के लड़के अपने-अपने पिता-पितामहों को समझा चुके थे कि 'बाबा (मैं) कहते हैं, मैं पानी-पाँड़े थोड़े ही हूँ, जो ऐरे-ग़ैरे नत्थू-खैरे सबको पानी पिलाता फिरूँ।' इससे लोग और नाराज़ हो गये थे। साहित्य की तरह समाज में भी दूर-दूर तक मेरी तारीफ़ फैल चुकी थी–विशेष रूप से जब एक दिन विलायत की टोरी-पार्टी की तारीफ़ करने वाले, एक देहाती स्वामी जी को मैंने कबाब खाकर काबुल में प्रचार करने वाले रामचन्द्रजी के वक़्त के एक ऋषि की कथा सुनायी, और मुझसे सुनकर वहीं गाँव के ब्राह्मणों के सामने बीड़ी पीने के लिए प्रचार करके भी वह मुझे नीचा नहीं दिखा सके–उन दिनों भाग्यवश मिले हुए अपने आवारागर्द नौकर से बीड़ी लेकर, सबके सामने दियासलाई लगाकर मैंने समझा दिया कि तुम्हारे इस जूठे धुएँ से बढ़कर मेरे पास दूसरा महत्त्व नहीं।

मैं इन आश्चर्य की आँखों के भीतर बादाम और ठण्डाई लेकर ज़रा रीढ़ सीधी करने को हुआ कि एक बुड्ढे पण्डित जी एक देहाती भाई के साथ मेरी ओर बढ़ते नज़र आये। मैंने सोचा, शायद कुछ उपदेश होगा। पण्डित जी सारी शिकायत पीकर, मधु-मुख हो अपने प्रदर्शक से बोले–“आप ही हैं?” उसने कहा–“हाँ, यह हैं।” पण्डित जी देखकर गद्गद हो गये। ठोढ़ी उठाकर बोले–“ओहोहो! आप धन्य हैं।” मैंने मन में कहा–“नहीं, मैं वन्य हूँ। मज़ाक़ करता है खूसट।” पर ग़ौर से उसका पग और खौर देखकर कहा–“प्रणाम करता हूँ पण्डित जी। पण्डित जी मारे प्रेम के संज्ञा खो बैठे। मेरा प्रणाम मामूली प्रणाम नहीं–बड़े भाग्य से मिलता है। मैं खड़ा पण्डित जी को देखता रहा। पण्डित जी ने अपने देहाती साथी से पूछा–“आप एम. ए., बे-मे सब पास हैं?” उनका साथी अत्यन्त गम्भीर होकर बोला–“हाँ। जिला में दूसरा नहीं है।” होंठ काटकर मैंने कहा–“पण्डित जी रास्ते में दो नाले और एक नदी पड़ती है। भेड़िए लागन हैं। डण्डा नहीं लाया। आज्ञा हो तो चलूँ–शाम हो रही है।” पण्डित जी स्नेह से देखने लगे। जो शिकायत उन्होंने सुनी थी, आँखों में उस पर सन्देह था दृष्टि कह रही थी–'यह वैसा नहीं–ज़रूर गोश्त न खाता होगा, बीड़ी न पी होगी, लोग पाजी हैं।' प्रणाम करके, आशीर्वाद लेकर मैंने घर का रास्ता पकड़ा।

दरवाज़े पर आकर रुक गया। भीतर बातचीत चल रही थी। प्रकाश कुछ-कुछ था, सूर्य डूब रहा था। मेरे पुत्र की आवाज़ आयी–“बोल रे बोला।” इस वीर-रस का अर्थ मैं समझ गया। अर्जुन बोलता हुआ हार चुका था, पर चिरंजीव को रस मिलने के

कारण बुलाते हुए हार न हुई थी। चूँकि बार-बार बोलना पड़ता था, इसलिए अर्जुन बोलने से ऊबकर चुप था। डाँटकर पूछा गया, तो सिर्फ़ कहा–“क्या?”

“वही–गुण, बोल।”

अर्जुन ने कहा–“गुण।”

बच्चे के अट्टहास से घर गूँज उठा। भरपेट हँसकर, स्थिर होकर फिर उसने आशा की–“बोल–गणेश।”

रोनी आवाज़ में अर्जुन ने कहा–“गड़ेस।” खिलखिलाकर, हँसकर, चिरंजीव ने डाँटकर कहा–“गड़ेस-गड़ास करता है–साफ़ नहीं कह पाता क्यों रे, रोज़ दातून करता है?”

अर्जुन अप्रतिभ होकर दबी आवाज़ में एक छोटी-सी ‘हूँ’ करके, सिर झुका कर रह गया। मैं दरवाज़ा धीरे-से ढकेलकर भीतर खम्भे की आड़ से देख रहा था। मेरे चिरंजीव उसे उसी तरह देख रहे थे, जैसे गोरे, कालों को देखते हैं। ज़रा देर चुप रहकर फिर आज्ञा की–“बोल, वर्ण।”

अर्जुन की जान की आ पड़ी। मुझे हँसी भी आयी, गुस्सा भी लगा। निश्चय हुआ, अब अर्जुन से विद्या का धनुष नहीं उठने का। अर्जुन वर्ण के उच्चारण में विवर्ण हो रहा था। तरह-तरह से मुँह बना रहा था। पर खुलकर कुछ कहता न था। उसके मुँह बनाने का आनन्द लेकर चिरंजीव ने फिर डाँटा–“बोलता है या लगाऊँ झापड़। नहा लूँगा, गरमी तो है।”

मैंने सोचा अब प्रकट होना चाहिए। मुझे देखकर अर्जुन खड़ा हो गया, आँखें मल-मलकर रोने लगा। मैंने पुत्र-रत्न से कहा–“कान पकड़कर उठो-बैठो दस दफ़े।” उसने नज़र बदलकर कहा–“मेरा कुसूर कुछ नहीं और मैं यों ही कान पकड़कर उठूँ-बैठूँ!” मैंने कहा–“तुम इससे गुस्ताख़ी कर रहे थे।” उसने कहा–“तो आपने भी की होगी। इससे ‘गुण’ कहला दीजिये, आपने पढ़ाया तो है, इसकी किताब में लिखा है।” मैंने कहा–“तुम हँसते क्यों थे?” उसने कहा–“क्या मैं जानबूझकर हँसता था?” मैंने कहा–“अब आज से तो तुम इससे बोल न सकोगे।” लड़के ने जवाब दिया–“मुझे मामा के यहाँ छोड़ आइये, यहाँ डाल के आम खट्टे होते हैं–चोपी होती है। मुँह फदक जाता है, वहाँ पाल के आम आते हैं।”

चिरंजीव को नाई के साथ भेजकर मैंने अर्जुन और चतुरी को सांत्वना दी।

कुछ महीने और गाँव में रहना पड़ा। अर्जुन कुछ पढ़ गया। शहरों की हवा मैंने बहुत दिनों से न खायी थी—कलकत्ता, बनारस, प्रयाग आदि का सफ़र करते हुए लखनऊ में डेरा डाला—स्वीकृत किताबें छपवाने के विचार से। कुछ काम लखनऊ में और मिल गया। अमीनाबाद होटल में एक कमरा लेकर निश्चिंत चित्त से साहित्य-साधना करने लगा।

इन्हीं दिनों देश में आन्दोलन ज़ोरों का चला—यही, जो चतुरी आदिक के कारण फिस्स हो गया है। होटल में रहकर, देहात से आने वाले शहरी युवक मित्रों से सुना करता था, गढ़ाकोला में भी आन्दोलन ज़ोरों पर है—छह-सात सौ तक की जोत किसान लोग इस्तीफ़ा कर छोड़ चुके हैं—वह ज़मीन अभी तक नहीं उठी—किसान रोज़ इकट्ठे होकर झण्डा-गीत गाया करते हैं। साल-भर बाद जब आन्दोलन में प्रतिक्रिया हुई और ज़मींदारों ने दावा करना और रियाया को बिना किसी रियायत के दबाना शुरू किया, तब गाँव के नेता मेरे पास मदद के लिए आये, बोले—"गाँव में चलकर लिखो। तुम रहोगे, तो मार न पड़ेगी, लोगों को हिम्मत रहेगी, अब सख़्ती हो रही है।" मैंने कहा—"मैं कुछ पुलिस तो हूँ नहीं, जो तुम्हारी रक्षा करूँगा, फिर मार खाकर चुपचाप रहने वाला धैर्य मुझमें बहुत थोड़ा है, कहीं ऐसा न हो कि शक्ति का दुरुपयोग हो।" गाँव के नेता ने कहा—"तुम्हें कुछ करना तो है नहीं, बस बैठे रहना है।" मैं गया।

मेरे गाँव की कांग्रेस ऐसी थी कि जिले के साथ उसका कोई ताल्लुक न था—किसी खाते में वहाँ के लोगों के नाम दर्ज न थे। पर काम में पुरवा-डिवीजन में उससे आगे दूसरा गाँव न था। मेरे जाने के बाद पता नहीं, कितनी दरख़्वास्तें साहब ने इधर-उधर लिखीं।

कच्चे रंगों से रँगा तिरंगा झण्डा महावीर स्वामी के सामने एक बड़े बाँस में गड़ा, बारिश से धुलकर धवल हो रहा था। इन दिनों मुक़द्मेबाजी और तहक़ीक़ात ज़ोरों से चल रही थी। कुछ किसानों पर एक साल के हरी-भूसे को तीन साल की बाक़ी बनाकर, ज़मींदार ने आनरेरी दावे दायर किये थे, जो अपनी क्षुद्रता के कारण ज़मींदार साहब से मजिस्ट्रेट के पास आकर किसानों की दृष्टि में और भयानक हो रहे थे। एक दिन दरख़्वास्तों के फलस्वरूप शायद, दारोगा जी तहक़ीक़ात करने आये। मैं मगरायर डाक देखने जा रहा था। बाहर निकला तो लोगों ने कहा—"दारोगा जी आये हैं, अभी रहो।" आगे दारोगा जी भी मिल गये। ज़मींदार साहब ने मेरी तरफ़ दिखाकर

अंग्रेजी में धीरे से कुछ कहा, तब मैं कुछ दूर था, सुना नहीं। गाँववाले समझे नहीं, दारोगा जी झगड़े की तरफ़ जा रहे थे। ज़मीदार शायद उखड़वा देने के इरादे से लिये जा रहे थे। महावीर जी के अहाते में झण्डा देखकर दारोगा कुछ सोचने लगे, बोले—"यह तो मन्दिर का झण्डा है।" अच्छी तरह देखा, उसमें कोई रंग न दिखायी पड़ा। ज़मीदार साहब को ग़ौर से देखते हुए लौटकर डेरे की तरफ़ चले। ज़मीदार साहब ने बहुत समझाया कि 'वह बारिश से धुलकर सफ़ेद हो गया है, लेकिन है यह कांग्रेस का झण्डा।' पर दारोगा जी बुद्धिमान थे।

महावीर जी के अहाते में सफ़ेद झण्डे को उखड़वाकर वीरता प्रदर्शित करने की आज्ञा न दी। गाँव में कांग्रेस है, इसका पता न सब-डिवीजन में लगा, न जिले में, थानेदार साहब करें क्या? उन दिनों मुझे उन्निद्र-रोग था। इसलिए सिर के बाल साफ़ थे। मैंने सोचा—'वेश का अभाव है, तो भाषा को प्रभावशाली करना चाहिए, नहीं तो थानेदार साहब पर अच्छी छाप न पड़ेगी। वहाँ तो महावीर स्वामी की कृपा रही, यहाँ अपनी ही सरस्वती का सहारा है।' मैं ठेठ देहाती हो रहा था; थानेदार साहब ने मुझसे पूछा—"आप कांग्रेस में हैं?" मैंने सोचा इस समय राष्ट्रभाषा से राजभाषा का महत्त्व बढ़कर होगा। कहा—"मैं तो विश्व-सभा का सदस्य हूँ। इस सभा का नाम भी थानेदार साहब ने न सुना था। पूछा—"यह कौन-सी सभा है!" उनके जिज्ञासा-भाव पर गम्भीर होकर नोबेल-पुरस्कार पाये हुए कुछ लोगों के नाम गिनाकर मैंने कहा—"ये सब उसी सभा के सदस्य हैं।" थानेदार साहब क्या समझे, वह जानें। मुझसे पूछा—"इस गाँव में कांग्रेस है।" मैंने सोचा—'युधिष्ठिर की तरह सत्य की रक्षा करूँ तो असत्य भाषण का पाप न लगेगा।' कहा—"इस गाँव के लोग तो कांग्रेस का मतलब भी नहीं जानते।" इतना कहकर मैंने सोचा—'अब ज़्यादा बातचीत ठीक न होगी।' उठकर खड़ा हो गया, और थानेदार साहब से कहा—"अच्छा, मैं चलता हूँ। ज़रा डाकख़ाने में काम है। चिट्ठीरसा हफ़्ते में दो दिन गश्त पर आता है। मेरी ज़रूरी चिट्ठियाँ होती हैं और रजिस्ट्री, अख़बार, मासिक पत्र-पत्रिकाएँ आती हैं, फिर उस गाँव में हम लोगों की लाइब्रेरी भी है, जाना पड़ता है।" थानेदार साहब ने पूछा—"कांग्रेस की चिट्ठियाँ आती हैं?" मैंने कहा—"नहीं, मेरी अपनी।" मैं चला आया। थानेदार साहब ज़मींदार साहब से शायद नाराज़ होकर गये।

इससे तो बचाव हुआ, पर मुकद्मा चलता रहा। आनरेरी मैजिस्ट्रेट ने, जिनके एक रिश्तेदार ज़मीदार की तरफ़ से वकील थे, किसानों पर ज़मीदार को डिगरी दे दी। बाद को चतुरी वगैरह की बारी आयी। दावे दायर हो गये, अब तक जो सम्मिलित

धन मुकदमों में लग रहा था, सब ख़र्च हो गया। पहले की डिगरी में कुछ लोगों के बैल वगैरह नीलाम कर लिये गये। लोग घबरा गये। चतुरी को मदद की आशा न रही। गाँव वालों ने चतुरी आदि के लिए दोबारा चन्दा न लगाया।

चतुरी सूखकर मेरे सामने आकर खड़ा हुआ। मैंने कहा–“चतुरी, मैं शक्तिभर तुम्हारी मदद करूँगा।”

“तुम कहाँ तक मदद करोगे, काका?” चतुरी जैसे कुएँ में डूबता हुआ उभड़ा।

“तो तुम्हारा क्या इरादा है?” उसे देखते हुए मैंने पूछा।

“मुक़दमा लड़ूँगा। पर गाँव वाले डर गये हैं, गवाही न देंगे।” दिल से बैठा हुआ चतुरी बोला।

उस परिस्थिति पर मुझे भी निराशा हुई। उसी स्वर से मैंने पूछा–“फिर, चतुरी?”

चतुरी बोला–“फिर छेदनी-पिरकिया आदि मालिक ही ले लें।”

मैंने गाँव में कुछ पक्के गवाह ठीक कर दिये। सत्तू बाँधकर, रेल छोड़कर, पैदल दस कोस उन्नाव चलकर, दूसरी पेशी के बाद पैदल ही लौटकर हँसता हुआ चतुरी बोला–“काका, जूता और पुरवाली बात अब्दुल-अर्ज में दर्ज नहीं है।”

स्वामी सारदानन्द महाराज और मैं

उन दिनों 1921 ई. थी। एक साधारण-से विवाद पर विशद महिषादल-राज्य की नौकरी नामंजूर-इस्तीफ़े पर भी छोड़कर मैं देहात में अपने घर रहता था। कभी-कभी आचार्य पं महावीरप्रसाद जी द्विवेदी के दर्शनों के लिए जूही, कानपुर जाया करता था। इसमें पहले भी, जब 1919 में हिन्दी और बंगला के व्याकरण पर लिखा हुआ मेरा लेख शुद्ध कर, 'सरस्वती' में छापकर 1920 में उन्होंने साहित्य-सेवा से अवसर ग्रहण किया, दौलतपुर में उनके दर्शन कर चुका था। साहित्य में द्विवेदी जी का गुरुत्व मैं उन्हीं के गुरुत्व के कारण मानता था (मानता भी हूँ), अपने किसी अर्थ-निष्कर्ष या स्वार्थ-लघुत्व के लिए नहीं। पर इष्ट तो निर्भर भक्त की भक्ति की ओर देखता ही है–द्विवेदी जी भी मेरी स्वतन्त्रता से पैदा हुई आर्थिक परतन्त्रता पर विचार करने लगे। आज ही की तरह उन दिनों भी हिन्दी की मस्जिदों पर मुरीद द्विवेदी जी की नमाज पढ़ते थे, लिहाजा उनकी कोशिश–मैं किसी अख़बार के दफ़्तर में जगह पा जाऊँ–कारगर हुई। दो पत्र उन्होंने अपनी आज्ञा से चिह्नित कर गाँव के पते पर मेरे पास भेज दिये, एक काशी के प्रसिद्ध रईस राजनीतिक नेता का था, एक कानपुर ही का। काशी वाले में आने-जाने का ख़र्च देने के विवरण के साथ योग्यता की जाँच के बाद जगह देने की बात थी, कानपुर वाले में लिखा था–'इस समय एक जगह पच्चीस रुपये की है, अगर वह चाहें, तो आ जायें।' मालूम हो कि यह सब उदारता पूज्य द्विवेदी जी अपनी तरफ़ से स्नेहवश कर रहे थे। अवश्य मेरे पास शिक्षा का जो प्रमाण-पत्र इस समय तक है, उस योग्यता की पूरी-पूरी रक्षा जगह देने वालों ने की थी, तथापि सिपहगरी के समतल क्षेत्र से सूबेदारी तक के सुस्तर उन्नति-क्रम पर अविचल श्रद्धा न मुझे पहले थी, न अब ही है। फलत: उन पत्रों ही को मेरी अशिक्षा के कारण स्थान-प्राप्ति

हुई, मेरी जेब में प्रमाण के तौर पर अपने सुलेखकों के पास वापस जाने का सौभाग्य उन्हें न मिला। मेरे अन्दर मर्यादा का ज्ञान अत्यन्त प्रबल है, इनकी जानकारी पूज्य द्विवेदी जी को स्वतः उत्तरदायी पद दिलाने की ओर फेरने लगी। पर द्विवेदी जी करते भी क्या, प्रमाण जो न था। जो कुछ भी साहित्य-सेवा की प्रबल प्रेरणा से मैं लिखता था, वह एक ही सप्ताह के अन्दर संपादक महोदय की अस्वीकृति के साथ मुझे पुनः प्राप्त हो जाता था। केवल दो लेख और शायद दो कविताएँ तब तक छप पायी थीं, सो भी जब हिन्दी के छन्दों में बड़ी रगड़ की और लेखों में कलम की पूरी ऊँची आवाज़ से हिन्दी की प्रशंसा। अस्तु, इन्हीं दिनों स्वामी माधवानन्द जी, प्रेसिडेण्ट, अद्वैत आश्रम (रामकृष्ण-मिशन), मायावती, अल्मोड़ा, हिन्दी में एक पत्र निकालने के विचार से पत्रों में विज्ञापन करते हुए संपादक की तलाश में द्विवेदी जी के पास जूही आये। उस समय मेरी एक कविता, वह 'परिमल' में 'अध्यात्म-फल' के नाम से छपी है, 'प्रभा' में प्रकाशित हुई थी। उतने ही प्रत्यक्ष आधार पर आचार्य द्विवेदी जी, स्वामी जी के पत्र के लिए मेरी योग्यता की सिफ़ारिश कर चले। उनकी तकलीफ़ आप समझ सकते हैं। स्वामी जी ने मेरा पता नोट कर लिया, और मुझे एक चिट्ठी योग्यता के प्रमाण-पत्र भेजने की आज्ञा देते हुए लिखी। बंगाल में रहकर परमहंस श्रीरामकृष्ण देव तथा स्वामी विवेकानन्द जी के साहित्य से मैं परिचय प्राप्त कर चुका था, दो-एक बार श्रीरामकृष्ण मिशन, बेलूड़, दरिद्र नारायणों की सेवा के लिए भी जा चुका था, श्रीपरमहंसदेव के शिष्य श्रेष्ठ पूज्यपाद स्वामी प्रेमानन्द जी महाराज को महिषादल में अपना तुलसीकृत रामायण का सस्वर पाठ सुनाकर उनका अनुपम स्नेह तथा आशीर्वाद प्राप्त कर चुका था, स्वामी माधवानन्द जी को पत्रोत्तर में अपनी इसी योग्यता के हृष्ट-पुष्ट प्रमाण दिये। स्वामी जी का वह पत्र अंग्रेजी में था और मेरा उत्तर बंगला में। कुछ दिनों बाद द्विवेदी जी के दर्शनों के लिए फिर गया तो मालूम हुआ कलकत्ता में सुयोग्य साहित्यिक स्वामी जी को संपादन के लिए स्वयं प्राप्त हो गये हैं। घर लौटने पर उनका एक पत्र मुझे भी बंग्ला में लिखा हुआ मिला कि 'धैर्य धारण करो, प्रभु की इच्छा होगी, तो आगे देखा जायेगा।'

इसी समय महिषादल-राज्य से मुझे तार मिला कि जल्द चले आओ। मैंने सोचा, जब नामंजूर-इस्तीफ़े पर हठवश चले आने का दोष ही हटा दिया गया, तो अब जाने में दुविधा क्यों करूँ? मैं महिषादल गया। पर राजा, जोगी अग्नि, जल की उल्टी रीतिकी याद न रही। यहाँ 'समन्वय' के सार्थक नाम से एक सुन्दर पत्र प्रकाशित हुआ। मेरे पास भी वह लेख के तक़ाज़े के साथ गया। मैंने उसमें 'युगावतार भगवान

श्रीरामकृष्ण' ऐसा एक लेख लिखा। जब वह प्रकाशित हुआ, तब मैंने द्विवेदी जी की राय माँगी। उन्होंने उस लेख को पढ़कर बधाई दी। मैं मौलिक लेख लिख सकता हूँ, आचार्य द्विवेदी जी के इस आशीर्वाद का सदुपयोग मैं अपने ही भीतर तब से अब तक करता जा रहा हूँ। कई और भी मेरे साहित्यिक पूज्यपादों ने इस लेख की विचारणा और भाषा-शैली के लिए मुझे प्रोत्साहन दिया। 'समन्वय' को एक बड़ी अड़चन पड़ी और यह हिन्दी और बंगला बोलने वालों में, मेरे विचार से, शायद अभी बहुत दिनों तक रहेगी। इधर मेरे सामने भी राजा वाली उल्टी रीति पेश हुई। इसी समय 'समन्वय' के मैनेजर स्वामी आत्मबोधानन्द जी ने मुझे लिखा कि 'बंगालियों के भावों को समझने के लिए यहाँ ऐसा आदमी चाहिए, जो बंगला जानता हो। हमें अड़चन पड़ती है, तुम चले आओ।' मैंने जाकर देखा 'समन्वय' के आठ ही महीने में दो संपादक बदल चुके थे। संपादक की जगह नाम स्वामी माधवानन्द जी का छपता था, वह हिन्दी भी बहुत अच्छी जानते हैं, काम तथा हिन्दी की विशेषता की रक्षा के लिए 'समन्वय' में एक हिन्दी-भाषी संपादक रहता था। इस तरह मैं 'समन्वय' में जाकर स्वामी जी महाराज के साथ 'उद्बोधन' कार्यालय, बाग़बाज़ार में रहने लगा। यहीं पहले-पहल आचार्य स्वामी सारदानन्द जी महाराज के दर्शन किये। यह 1922 ई. की बात है।

स्वामी सारदानन्द जी इतने स्थूल थे कि उन्हें देखकर डर लगता था। यद्यपि डर वाली बात मेरे पास बहुत पहले ही से कम थी, भूतों से साक्षात्कार करने के लिए रात-रात-भर श्मशानों की सैर करता रहा था और आधी रात को घर से निकलकर पैदल आठ-नौ कोस ज़मीन चलकर सुबह आचार्य द्विवेदी जी के दर्शन किये थे, फिर भी स्वामी सारदानन्द जी की ओर बहुत दिनों तक मैं देख नहीं सका। पर मैं आँखें झुकाकर, प्रणाम कर उनकी सभा में कभी-कभी बैठ जाता था, बातचीत सुनने के लिए। किसी दर्शन या धर्मग्रन्थ का पाठ होने पर उठकर चला आता था, क्योंकि दार्शनिकता की मात्रा यों भी दिमाग़ में बहुत ज़्यादा थी, जी घबरा उठता था। स्वामी जी की वार्तालाप-सभा में महीनों मैंने संयम रखा, कुछ बोलकर बेवकूफ़ न बनूँगा, सिद्धान्त कर लिया था। बाहर के आये हुए विद्वानों को देखता भी था, अण्ट-सण्ट बकते जा रहे हैं, न सिर, न पूँछ, उनकी आवाज़ की किरकिराहट अर्थ से पहले अनर्थ व्यंजित करती थी! स्वामी जी मेरी 'यावत्किंचिन्नभाषते' नीति पर प्रसन्न होकर मुस्कराते थे। एक रोज़ धैर्य जाता रहा। मैंने पूछा—"यह संसार मुझमें है या मैं इस संसार में हूँ।" उन्होंने बड़े स्नेह से कहा—"इस तरह नहीं।"

हमारे यहाँ की जैसी संस्कृति थी, मैं बचपन से सन्तों की सूक्तियों पर भक्ति करता हुआ विशेष रूप से ईश्वरानुरक्त हो चला था। इसलिए सो जाने पर देवताओं के स्वप्न बहुत देखता था। जो देव जाग्रत अवस्था में कभी नहीं बोले, मैं ही बातचीत करता थकता, वे सो जाने पर दम न भरते थे। इसे धर्म-ग्रन्थों में शुभ लक्षण कहा है। पर मेरे लिए यह उत्तरोत्तर अशुभ हो चला। क्योंकि बराबर यह प्रश्न जारी रहा कि मूर्तियाँ जाग्रत अवस्था में क्यों नहीं बोलतीं? रात की अनिद्रा और दिन की उधेड़बुन के शुभ लक्षण सहज ही अनुमेय हैं। क्रमश: दार्शनिकता प्रबल हो चली। धीरे-धीरे देवताओं के कथोपकथन के फलस्वरूप घोर नास्तिक, शंकितचित्र हो गया। जब 'समन्वय' के संपादन के लिए गया था, तब यही दशा थी। आस्तिकता पहले के उपार्जित संस्कार या धूप-छाँह की सार्थकता की तरह आती थी। एक दिन मैंने स्वामी जी से कहा—"सो जाने पर मेरे साथ देवता बातचीत करते हैं।" वह सस्नेह हँसकर बोले—"बाबूराम महाराज से भी करते थे।" (स्वामी प्रेमानन्द जी का पहला नाम श्रीबाबूराम था। इनका जिक्र मैं कर चुका हूँ कि श्रीरामकृष्ण के शिष्यों में पहले इन्हीं के दर्शन मैंने महिषादल में किये थे)। इस प्रसंग के कुछ ही दिनों में मैं अपने एक बंगाली मित्र के बिस्तरे पर सो रहा था, दोपहर को सोने का मुझे अब भी अभ्यास है, देखता हूँ कि स्वामी सारदानन्द जी महाध्यान में मग्न हैं, ईश्वरीय विभूति से युक्त ऐसी मूर्ति मैंने आज तक नहीं देखी—कमलासन बैठे हुए, ऊर्ध्वबाहु, मुद्रितनेत्र, मुख-मण्डल पर महानन्द की दिव्य ज्योति, जो कुछ है, सब ऊपर उठा जा रहा है, इसी समय उनके सेवक एक संन्यासी महाराज उन्हें खिलाने के लिए रसगुल्ले ले गये, उसी ध्यानावस्थित अवस्था में स्वामी जी ने मेरी ओर इशारा किया। सेवक महाराज ने लौटकर मुझे रसगुल्लों का कटोरा दे दिया। मैं गया और एक रसगुल्ला खिलाकर लौट आया। कटोरा सेवक संन्यासी महाराज को दे दिया।

बस, आँख खुल गयी। मेरा मस्तिष्क हिम-शीकरों-सा स्निग्ध हो गया। उसमें महाज्ञान का कितना बड़ा प्रत्यक्ष प्रमाण मैंने देखा है, मैं क्या कहूँ।

पर मेरी विरोधी शक्ति बराबर प्रबल रही। तीव्र तीक्ष्ण दार्शनिक वज्र-प्रहारों से बराबर मैं मन से उनका अस्तित्व मिटाता रहा, मिटा देता था, तभी काम कर सकता था, पर वह काम-जो घर के लिए, संसार के लिए बंधनों से मुक्त होने वाला सामाजिक और साहित्यिक उत्तरदायित्व लिये हुए था। पर आकाश से सीमावकाश में आकर भी मैं आकाश में ही रहता हूँ, ज्यों-ज्यों लड़ता गया—जुदा होता गया, वह

भाव प्रबल होता रहा। जीवन्मुक्त महापुरुष क्या है, मैं अब और अच्छी तरह समझने लगा। मैं प्रहार करता हुआ जब थक जाता था, तब मेरे मनस्तत्व के सत्य-स्वरूप स्वामी सारदानन्द जी मुझे रंगीन छाया की तरह ढँक कर हँसते हुए तर कर देते थे। इन महादार्शनिक महाकवि, स्वयंभू, मनस्वी, चिरब्रह्मचारी, संन्यासी, महापण्डित, सर्वस्वत्यागी, साक्षात् महावीर के समक्ष देवत्व, इन्द्रत्व और मुक्ति भी तुच्छ है। मैंने भी देश तथा प्रदेशों के बड़े-बड़े कवियों, दार्शनिकों, पण्डितों तथा पुरुषों के साथ एक सर्वश्रेष्ठ उपाधि से भूषित किये हुए अनेकानेक लोगों को देखा है, पर वाह रे संसार, सत्य की कितनी खरी जाँच तूने की–महाविद्या और महापुरुष-चरित्रों का कितने पोच मस्तिष्कों में तूने पता लगाया। मैं ब्राह्मण था, किसी मनुष्य को सिर नहीं झुकाया, मेरे चरित्र का पूरा अध्ययन कीजियेगा, चरित्र और ज्ञान जीवन और, परिसमाप्ति में जो 'एजति न एजति' को सार्थक करने वाले ब्रह्म थे, उन्होंने अपनी पूर्णता देकर मेरी स्वल्पता ले ली। अब दोनों भाव उन्हीं के हैं, एक से वह लड़ते हैं, दूसरे से बचते हैं–यही मेरा इस समय का जीवन है।

स्वामी सारदानन्द जी के जिन सेवक संन्यासी के हाथ से कटोरा लेकर स्वप्न में मैंने स्वामी को रसगुल्ला खिलाया था, उन्होंने मुझसे एक रोज़ एकाएक कहा–"तुम मन्त्र नहीं लोगे? जाओ।" मैंने सोचा–'यहाँ महाप्रसाद की तरह मन्त्र भी बँटता होगा, लेने में हर्ज क्या है?' मुझे बड़े को गुरु मानने में आपत्ति कभी नहीं रही, रहा सिर्फ़ गुरुडम के ख़िलाफ़, फिर मन्त्र लेने से कुछ मिलता ही है, जहाँ मिलने वाली रचना हो, वहाँ पैर न बढ़ाये, वह ब्राह्मण का कोई बेवकूफ़ लड़का ही होगा। मैं सपाटा-चाल सीढ़ी तय करके स्वामी जी के कमरे में पहुँचा और बैठ गया। उन्होंने पूछा–"क्या है?" मैंने कहा–"मन्त्र लेने आया हूँ।" मेरे स्वर में न जाने क्या था।

मुझे तन्त्र-मन्त्र पर बिलकुल विश्वास न था। स्वामी जी प्रसन्न गम्भीरता से बोले–"अच्छा, फिर कभी आना।"

मैंने मन में कहा–'अब इज्जानिब नहीं जाने के। कई रोज़ हो गये नहीं गया। वहाँ कभी-कभी माँ के कमरे में (श्रीपरमहंसदेव की धर्मपत्नी श्रीसारदामणि देवी, तब माँ देह छोड़ चुकी थीं) तुलसीकृत रामायण पढ़ता था। पहले दिन पढ़ी थी, तब स्वामी सारदानन्द जी ने प्रसाद के दो रसगुल्ले दिलाये थे। सबको एक रसगुल्ला मिलता है। केवल शंकर महाराज (स्वामी सारदानन्द जी के बड़े गुरुभाई, श्रीरामकृष्णमिशन के प्रथम प्रेसीडेंट, पूज्यपाद स्वामी ब्रह्मानन्द जी के प्रिय शिष्य)

को दो रसगुल्ले पाते हुए बाद को मैंने देखा था, पर उन्होंने एक रसगुल्ला मुझे दे उदिया था। एक बार माँ को प्रणाम कर, प्रसाद लेकर मैं स्वामी सारदानन्द जी महाराज के ज़ीने की तरफ़ से उतरने के लिए जा रहा था, प्रसाद मेरे हाथ में था, मन बड़ा प्रफुल्ल, फूल-सा खिला हुआ, हल्का, गोस्वामी तुलसीदास जी की भारतीय संस्कृति मन को ढँके हुए। स्वामी जी आ रहे थे, मुझे भावावेश में देखकर, रास्ता छोड़कर एक तरफ़ हट गये, मुझे होश था ही, मैं भी हटकर खड़ा हो गया कि यह चले जायें, तो जाऊँ। स्वामी जी ने पूछा—"यह प्रसाद किसके लिए ले जा रहे हो?" (स्वामी जी से मेरी बंग्ला में बातचीत होती थी) मैंने कहा—"अपने लिए।" उन्होंने कहा—"अच्छा, खाकर आओ।" चटपट प्रसाद खाकर मैं ऊपर गया, स्वामी जी अपने कमरे के सामने उसी रास्ते पर खड़े थे। मुझे देखकर बड़े स्नेह से पूछा—"उस रोज़ तुम क्या कहने वाले थे?" मैंने कहा—"मुझे तन्त्र-मन्त्र पर विश्वास नहीं।" उन्होंने पूछा—"तुम गुरुमुख हो?" मैंने कहा—"हाँ, पर तब मैं नौ साल का था!" उन्होंने कहा—"हम लोग तो श्रीरामकृष्ण को ही ईश मानते हैं।" मैंने कहा—"ऐसा तो मैं भी मानता हूँ।" उत्तर की मैंने कभी देर नहीं की, वह ठीक हो या ग़लत। पहले क्या कह गया हूँ, फिर क्या कह रहा हूँ, इसकी तरफ ध्यान देने वाले सच्चा वक्ता, लेखक, कवि या दार्शनिक नहीं—वह कला की मुक्ति में गण्य नहीं, कलाकारों के ऐसे कथन का मैं सजीव उदाहरण था। स्वामी जी के भारतीय कान ऐसे न थे, जो अंग्रेजी बाजे के विवादों से भड़ककर उसे संगीत स्वीकार ही न करते। वह भावस्थ गुरुत्व से मेरे सामने आये। मुझे ऐसा जान पड़ा, एक ठंडी छाँह में मैं डूबता जा रहा हूँ। फिर मेरे गले में अपनी उँगली से एक बीजमन्त्र लिखने लगे। मैंने मन को गले के पास ले जाकर क्या लिख रहे हैं, पढ़ने की बड़ी चेष्टा की, पर कुछ मेरी समझ में न आया।

परोक्ष रीति से ध्यान-धारणा के लिए स्वामी जी मुझे कभी-कभी याद दिला देते थे, पर मुझे यह धुन थी कि अब देखना है, गले वाला मन्त्र क्या गुल खिलाता है। पूजा-पाठ जो कुछ कभी-कभी करता था, वह भी बन्द कर दिया। मुझे कुछ ही दिनों में जान पड़ने लगा, मेरा निचला हिस्सा ऊपर और ऊपर वाला नीचे हो गया है, और रामकृष्ण मिशन के साधु खींच रहे हैं। अजीब घबराहट हुई। मैंने सोचा इन साधुओं ने मुझ पर वशीकरण किया। तब 'समन्वय' के कार्यकर्ता 'उद्बोधन' छोड़कर 'मतवाला' ऑफ़िस में (तब 'मतवाला' न निकलता था, बालकृष्ण प्रेस था, मालिक 'मतवाला' के संपादक बाबू महादेवप्रसाद जी सेठ

थे) किराये के कमरों में रहते थे। मैं भी उनके साथ अलग कमरे में रहता था। महादेव बाबू से मैंने कहा–"ये साधु लोग मुझे जादूगर जान पड़ते हैं।" महादेव बाबू गम्भीर होकर बोले–"यह आपका भ्रम है।" मैंने कुछ न कहा, पर मुझे भ्रम होता तो विश्वास भी होता। एक रोज़ ऐसा हुआ कि उन्हीं साधुओं में से एक की मेरे पास आकर यही हालत हुई। यह दर्शन-शास्त्र के एम.ए. हैं। आजकल अमेरिका में प्रचार कर रहे हैं। जब खीझने लगे, तो बोले–"पण्डित जी, क्या आप वशीकरण जानते हैं?" मैंने मन में कहा, 'हूँ!' खुलकर बोला–"मैं मारण, मोहन, वशीकरण उच्चाटन सबमें सिद्ध हूँ।"

इसके बाद एक दिन स्वप्न देखा–ज्योतिर्मय समुद्र है, श्यामा की बाँह पर मेरा मस्तक, मैं लहरों में हिल रहा हूँ।

फिर इतने चमत्कार इधर दस वर्षों में देखे कि अब बड़े-बड़े कवियों तथा दार्शनिकों की चमत्कारोक्तियाँ पढ़कर हँसी आती है। वह मन्त्र भी तीन साल हुए, आग-सा चमकता हुआ कुछ दिनों तक सामने आया, उसे मैंने पढ़ लिया है।

अर्थ

पंजाबमेल पूरी रफ़्तार से कलकत्ता जा रही है। दूसरे दर्जे में दो मुसाफ़िर पास-पास बैठे हैं। कुछ देर मौन रहकर एक ने दूसरे से नाम पूछा, जब वह प्रयाग में गाड़ी पर चढ़ा। उसने कहा–"मेरा नाम दिनेश कुमार है।" थोड़ी देर में घनिष्ठता बढ़ गयी। पहला मुसाफ़िर हीरालाल कलकत्ता लौट रहा है, वहाँ व्यवसाय करता है। नवयुवक है। धनी व्यवसायी का लड़का, दिल्ली गया था। दिनेश भी नवयुवक है। हीरालाल को मालूम हुआ कि एक अच्छी जगह सिनेमा में कहानी लिखने की नौकरी दिनेश को मिली है, इसलिए कलकत्ता जा रहा है। हीरालाल खुद भी हिन्दी के कथानक, उपन्यास तथा नाटक सिनेमा-साहित्य का शौक़ीन है, कुछ ज्ञान भी उधर उसने अर्जित कर लिया है। पूछा–"हिन्दी के उपन्यास-लेखक रामकुमार जी को आप जानते हैं?"

"हाँ, वह तो आजकल प्रयाग ही रहते हैं।" दिनेश ने नहा।

"मेरे विचार से उनके जो उपन्यास निकले हैं, उनकी जोड़ के हिन्दी में दूसरे नहीं, आप क्या कहते हैं?"

"मेरा भी यही विचार है।"

"उनका एक जीवन-चरित्र इधर 'भारती' में प्रकाशित हुआ है, वह बड़ा अद्भुत है। उसमें एक ईश्वरीय सत्य है। आप कहें, तो सुनाऊँ?"

"सुनाइये।"

हीरालाल कहने लगा–"रामकुमार एक कुलीन ब्राह्मण के घर का बालक ही था, जब घर की पूजार्चा देखकर, पाठ सुनकर हिन्दू-धर्म पर उसे पूरा विश्वास हो गया! जैसा सुना वैसी ही धारणा भी बँध गयी कि अगर आज अकेले भीम होते, तो

म्लेच्छों के पैर क्षण-भर के लिए भी उनके सामने न ठहरते। जहाँ गदा को घुमाने पर भगदत्त के हाथी सेमर की रुई की तरह आकाश में उड़ गये, कुछ तो अब भी चक्कर काट रहे हैं, वहाँ म्लेच्छों का पता न रहता कि किस लोक में अँधेरे की तरह प्रकाश में कहाँ, गायब हो गये। अगर कहीं महावीर स्वामी आ जाते–आ क्या जायें, अब उनके समकक्ष योद्धा कोई रह ही नहीं गया, द्वापर में इसीलिए वह लड़े नहीं–नहीं तो वह अमर हैं, कहीं गये थोड़े ही हैं! और उखाड़-उखाड़कर पटकते पहाड़ तो सारी अक़्ल हवा हो जाती तुर्रमखानों की। इस तरह श्रीराम और कृष्णजी को, सोचता हुआ, आजकल के रावण की सशस्त्र सेना को वानर-मात्र की सहायता से परास्त कर देता, कभी कृष्णजी से असम्भव कार्य-रूप गोवर्धन धारण करा, उसके नीचे देश के भगवद्भक्त गोप-गोपियों को आश्रय देकर वर्तमान इन्द्र की दुःशासन-वर्षा से उद्धार कर लेता, कभी किसी राक्षस-रूप में कृष्ण को घुसेड़कर पेट चिरवाता बाहर निकालता। इस तरह बन्दर को आदमी और आदमी को बन्दर बनाने की आदत पड़ गयी। करुणा तुलसी-कृत रामायण और सूरसागर के दैनिक पाठ से बढ़ती गयी। नवें दर्जे में था, इसी समय भक्ति के आवेश में सूझा, म्लेच्छों की विद्या न पढ़ूँगा, यह धन के लिए है, ज्ञान के लिए नहीं। इस समय यह पन्द्रह साल का बालक था। घर वालों का शासन प्रबल था, इसलिए स्कूल जाना पड़ा। पर वह रह-रहकर सोचता था कि उसके घर वाले ढोंगी हैं; बाहर से तो भगवान का नाम लेते हैं, पर भीतर से रुपया ही उनका लक्ष्य है। घर वालों से उसे घृणा हो गयी। धीरे-धीरे दो साल का समय और बीता, और इसने प्रवेशिका-परीक्षा पास कर ली। इसी समय पिता ने उसका विवाह किया। बहू युवती थी। बहू के घर आने पर रामकुमार ज्यों-ज्यों क्षीण हो चला, उसकी ईश्वर-भक्ति और आस्तिकता त्यों-त्यों प्रवीण होने लगी। पति ही पत्नी का ईश्वर है, यह संस्कार यद्यपि घर से पत्नी को प्राप्त हो चुका था, फिर भी रामकुमार ने अपनी ओर से शिक्षा देने की ग़फ़लत न की। फलतः वह गम्भीर होने लगा, और उसकी धार्मिक साधना भी बहू को प्रभावित करने के लिए बढ़ गयी। बहू सुन्दरी थी। पत्नी को पूर्ण मादकता से प्यार देना धर्म में दाख़िल है। अतः इधर भी रामकुमार संसार की भावनाओं को स्वर्ग में बदल-बदलकर विहार करने लगा। पिता ने कॉलेज जाने के लिए कई बार कहा। वह वृद्ध हो गये थे। शारीरिक शासन करने में असमर्थ थे। रामकुमार ने पिता के शब्दों पर ध्यान न दिया। पत्नी ने भी ससुर के आदेश की एक बार पुनरावृत्ति की, क्योंकि उसे भय था कि पति के कॉलेज न जाने का कारण वही समझी जायेगी। रामकुमार ने कहा–"अंग्रेजी-शिक्षा से बुद्धि भ्रष्ट हो जाती है।"

"तब तक रामकुमार को अर्थ की चिन्ता न थी। पिता को पेंशन मिलती थी, संसार-चक्र मजे में चला जा रहा था। उसकी माता का कुछ दिन बाद देहान्त हो गया। एक साल का क्रिया-कर्म भी पूरा हुआ। पिता ने कहा–"बेटा हम करारे के रूख हैं; तुमने पढ़ा नहीं, तो हमारे रहते कोई काम ही कर लो; नहीं तो पीछे तुम्हें कष्ट होगा।" रामकुमार गम्भीर होकर बोला–"आप इसकी चिन्ता न करें।" मन-ही-मन कहा–'कितना अविश्वास इन्हें ईश्वर पर है–पशु पक्षिउ की लेत ख़बरिया, तोरिउ सुरति करै; अरे मन, धीरज क्यों न धरै!' रामकुमार को बालक-काल से सन्तों की उक्तियों पर दृढ़ विश्वास करने की आदत पड़ गयी थी। गोस्वामी जी की चौपाई याद आयी, 'विश्व-भरण-पोषण कर जोई, ताकर नाम भरत अस होई।' जो भरत संसार का पालन करते हैं, वह भोजन न देंगे, उन पर कितना अविश्वास है इन लोगों को! सोचता हुआ वह चला जाता, पिता खिन्न हो जाते।

कुछ समय और पार हुआ, एक रोज़ पिता को कुछ बुख़ार आया, दो-तीन दिन बाद उनका दम निकल गया। आज पहला दिन था, जब गाँव के लोगों से रामकुमार को एक गृहस्थ की तरह, दीन होकर, धार्मिक उद्दण्डता छोड़कर, बर्ताव करना पड़ा। पहला बुलावा गया, और लाश उठाकर गंगा जी चलने के लिए कोई न आया, तब नाई ने समझाया कि–"भैया, यह हाथ जोड़ने का समय है।" रामकुमार जाकर घर-घर हाथ जोड़ता फिरा। लोगों ने सलाह करके कहा–"रामचन्द्र शुक्ल मरे थे, तब लोगों को पंद्रह रुपये के पेड़े उनके लड़के ने खिलाये थे; कहो, पंद्रह रुपये के पेड़े खिलाओगे? तो चलें अपने गिरोह के बीस आदमी।" रामकुमार को स्वीकार करना पड़ा। घाट से लौटने पर तेरहीं तक बड़ी विपत्ति रही। कुटुम्बों का व्यवहार ख़ास दुश्मनों का-सा रहा। एक की जगह तीन-तीन लेकर टले। माता का भी क्रिया-कर्म उसी ने किया था। पर तब पिता थे, इसलिए संसार का बर्ताव नहीं समझ सका। तेरहीं के बाद उसकी पत्नी विद्या ने कहा–"नक़द आठ सौ रुपये थे, सब ख़र्च हो गये।" धर्म के दबाव से पत्नी ने यह न कहा कि कोई काम देखो, नहीं तो इस तरह और कब तक चलेगा। रामकुमार ने कहा–"अच्छी बात है, ख़र्च होने दो, मुझे धन के मालिक का पता मालूम है।"

कुछ समय और बीता, रामकुमार की पूजा बढ़ चली। गाँव वाले आपस में बतलाने लगे, 'कैसा बेवकूफ़ है, पढ़ा-लिखा है, कहीं नौकरी या रोज़गारी नहीं करता, रामायण लिये चार-चार घंटे मन्दिर में बड़बड़ाया करता है।' इसके जवाब में कोई कहता है, 'बाप की कमाई का रुपया गाँजा है; हमारी-तुम्हारी तरह नदार है?

कराया तो तुमने तेरहीं में मनमाना ख़र्च, फिर रुका? नहीं जाता नौकरी करने। जब माल होता है, तब भगवान का नाम सूझता ही है, आख़िर बैठा-बैठा क्या करे? अब आगे वर्षा में कराओ ख़र्च दो हज़ार, देख लो, कभी जो हाथ खींचे।' इधर एक रोज़ ऐसा हो गया कि विद्या के हाथ में एक पैसा भी न रहा। उसने पति से कहा कि आज से अब एक पैसा भी ख़र्च के लिए नहीं है।

युवक रामकुमार गम्भीर होकर बोला–"अच्छी बात है, आज पैसा हो जायेगा।" जैसा उसने पढ़ रखा था कि भरतजी का नाम जपने पर अर्थ होता है, शाम होने पर एक कोठरी में बैठकर भरतजी का नाम जपने लगा। रात ग्यारह बजे तक पाँच हज़ार जप पूरा कर, वहीं एक चुटके में यह लिखकर कि मेरे इस जप की जो मज़दूरी होती हो, यहीं अँगोछे पर रख दीजिए, उठकर पत्नी के पास आया। उधर विद्या भी चूल्हे के पास भोजन तैयार कर बैठी हुई पति के लिए तपस्या कर रही थी। गम्भीर भाव से भोजन कर रामकुमार बाहर आया, तब विद्या ने भी भोजन किया। मारे डर के उसने कारण न पूछा। प्रेम से उच्छ्वसित हो, गम्भीर भाव से, पलंग पर पड़े-पड़े पति ने स्वयं पत्नी से अपने अर्थोपागम का मन्त्र बतलाया। विद्या मुँह फेरकर हँसने लगी।

सुबह उठकर रामकुमार नहाया, फिर भक्ति-भाव से उस कोठरी में गया। विद्या मुस्कराती हुई बाहर से झाँकने लगी। रामकुमार ने देखा, भीतर अँगोछा जिस तरह फैलाया था, उसी तरह फैला है; भरतजी पाँच हज़ार नाम जप की मज़दूरी उस पर नहीं रख गये। हृदय को बड़ा दुःख हुआ। मारे लज्जा के पत्नी से आँख न मिला सका। विद्या बड़े कष्ट से हँसी रोके हुए थी। सान्त्वना की बातें हँस डालने के भय से नहीं कह रही थी। इसी समय छक्कन साह ने द्वार पर आकर पुकारा। छक्कन पहले बचका लाते थे। अब रुपया क़र्ज़ दिया करते हैं। रामकुमार द्वार पर गया; तो छक्कन ने पालागन करके कुशल पूछी। अनुभवी छक्कन पड़ोस के दूसरे गाँव में रहते हैं। आलसी अकर्मण्य आजकल के बाबू युवकों की नस-नस से वाक़िफ़ हो चुके, उन्हें थोड़े रुपये देकर काफ़ी रकम, सोने-चाँदी के गहने ले चुके हैं। रामकुमार के पिता का देहान्त हो चुका है, पेंशन बन्द हो गयी है, जवान लड़का बहू के रूप में फँसकर बाहर पैर नहीं निकालता, हैसियत इतनी अच्छी नहीं कि इसी तरह हमेशा निभे, कहीं बीच में रुपयों की ज़रूरत हुई, तो ऐसा न हो कि दूसरे के हाथ शिकार फँस जाये, यह सब सोचकर छक्कन साह घर से चले थे। सरल रामकुमार ने पहले ही कहा–"पिता जी की तेरहीं में रहा-सहा रुपया ख़र्च हो गया है, अब तो बड़ी

दिक़्क़त में हैं।" छक्कन का श्रम सफल हुआ। बड़ी हमदर्दी से बोले–"तो डर किस बात का है? आप तो घर के लड़के हैं। जैसे यह घर आपका, वैसे वह घर भी आपका। आपका ख़र्च न रुकेगा, रुपयों का इंतज़ाम कर दिया जायेगा।" रामकुमार के विचार से साक्षात् भरतजी आ गये। बोला–"रुपये तो अभी मुझे चाहिए।" छक्कन समझ गये कि यह बेवकूफ़ है, यह मुझसे उसी तरह रुपये लेना चाहता है, जैसे अपने बाप से लेता था। बोले–"तो कितने रुपये अभी आपको चाहिए?"

"दो सौ।" छक्कन ने कहा–"हमारे पास होते, तो हम दे देते; हमें दूसरे से लेकर देना है और वह बग़ैर कुछ रेहन रखे रुपया न देगा। अगर आप कहें, तो हम अपने यहाँ से 20 तोले की जंजीर सोने की रेहन करके रुपये ले आवें। आप सोलह तोले भी हमारे यहाँ सोना ले आवें तो पिछले पहर तक दो सौ रुपये ले जा सकते हैं। दूसरे के पास जायेंगे, तो 2 रुपया सैकड़ा ब्याज से कम में न देगा, हम एक रुपया ही सैकड़ा लेंगे।" इसके सिवा कोई चारा न था। रामकुमार ने रुपयों का इंतज़ाम कर रखने के लिए कह दिया। उधर छक्कन घर गये, इधर वह पत्नी के पास आया। बड़ी लाज लगी, पर उपाय न था, विद्या से कहा–"अपनी जंजीर दे दो, तो पिछले पहर रुपये ले आऊँ।" अम्लान विद्या ने बॉक्स खोलकर जंजीर निकाल दी, फिर पति को देखती हुई, उसे ही हर तरह पाने की प्रार्थना से हाथ पर रख दी। रामकुमार जंजीर लिये पड़ा रहा। चौका-टहल कर, पानी भरकर चलती हुई महरी ने पूछा–"आज अभी तक भैया पड़े हैं, गाँव के लोग कहते हैं, आज सुबह छक्कन साह आये थे, जान पड़ता है, दिवाला छह महीने में निकल गया, क्या बात है बहू?"

"बात क्या है? तुम अपना काम करो, कहने के लिए दुनिया है, किसी की जीभ में ताला पड़ा है?" भोजन पकाकर, पति को समझाती हुई बोली–"तुम्हारी जैसी इच्छा हो, करो–फिर हम दोनों एक साथ भीख माँगेंगे, पर अब मैं तुम्हें कहीं भी न जाने दूँगी। मेरे चार हज़ार के गहने हैं, तुम सब बेच डालो।" रामकुमार को आज कार्यत: पहले पहल प्रिया के अपार प्रेम का परिचय मिला। उठकर नहाया, भोजन किया, शाम को तीस तोले की जंजीर के बदले दो सौ रुपये लेकर घर लौटा।

हृदय को बड़ी चोट पहुँची। 'जो राम पृथ्वी के ईश्वर हैं, जो भरत सृष्टि-भर को भोजन देते हैं, उन्होंने स्वयं अपने भक्त की लाज ले ली, अब मैं किस विश्वास पर उन्हें पुकारूँ? वे मेरे किस काम आयेंगे?' सोचते-सोचते मस्तिष्क में गरमी छा गयी। प्यार की जगह चोट खाकर मनुष्य मुश्किल से सुधरता है। इसी समय याद

आयी, 'भगवान चित्रकूट में हैं। तुलसीदास को वहीं उनके दर्शन हुए थे।' काग़ज़ लेकर उनके नाम चिट्ठी लिखने लगा। लिखा–

'प्रभो,

मुझे तुम्हारा बड़ा भरोसा था। मेरी नाव अब मझदार में है। पर तुम्हारी कृपा तो मुझे नहीं नज़र आती। अब तुम्हारे सिवा संसार में मेरी मदद करने वाला कोई नहीं है। मेरे पिता का भी सहारा तुमने छुड़ा दिया। अब तो दया करो। तुमने सुग्रीव और विभीषण को राजा बना दिया; तो मेरी कुछ तो ख़बर करो। प्रभो, मैंने तुम्हीं को संसार में माना है और आज तुम्हारी ओर से मुँह फेरते हुए छाती दो-टूक हुई जा रही है। प्रभो, दास पर दया करो, वह बड़े दु:ख में है। रामायण में भक्त-शिरोमणि तुलसीदास जी ने लिखा है–

> "जो सम्पति शिव रावणहिं, दीन दिये दस माथ;
> सोई सम्पदा बिभीषणहिं, सकुचि दीन रघुनाथ।"

क्या यह सब झूठ ही है? रघुनाथ, विश्वास तो नहीं होता। अधिक और क्या लिखूँ? तुम तो हृदय-हृदय का हाल जानते हो, स्वामिन्।

तुम्हारा दास
'रामकुमार'

ऊपर लिफ़ाफ़े में, श्रीरामचन्द्र सिंह, रामघाट, चित्रकूट, सीतापुर, बाँदा लिखकर चिट्ठी डाकख़ाने में छोड़ दी। एकचित्त से प्रभु के उत्तर की राह देखता रहा। चिन्ता में दुर्बल हो गया। एक दिन चिट्टीरसा वही चिट्ठी वापस ले आया। चिट्ठी देखकर रामकुमार अर्द्ध-विक्षिप्त हो गया।

धीरे-धीरे वर्षा का समय आ गया। लोग स्वयं उसे बुलाकर सलाह देने लगे कि 'कुल कमाई तुम्हारे पिता की है, ऐसा न हो कि स्वर्ग में उन्हें संकोच हो।' लोग इस प्रसंग पर रामकुमार को काफ़ी आदर देते थे। उसके चले जाने पर आपस में कहते, 'इनके पिता हँसिया-खुर्पी छोड़कर परदेस गये थे, ख़ैर, उनकी तो निबह गयी, पर इन्हें देखो, पकड़ाते हैं चार साल में।'

विद्या ने कभी पति को कोई सलाह न दी। पति की ही मर्ज़ी उसकी मर्ज़ी रही। रामकुमार के हृदय को भक्ति से स्वार्थपूर्ति न होने पर एक चोट लगी है, यह वह समझ चुकी थी, इसलिए अपने स्नेह से बराबर उसे सिक्त रखने का प्रयत्न करती

रहती। इसी बल से रामकुमार चल-फिर रहा था। पिता की वर्षी में दो हज़ार का ख़र्च है। इस बार विद्या के सब गहनों की बाजी है। बिना वर्षी किये जा नहीं सकता, पिता को लोग हँसेंगे। यह सोच-सोचकर एक दिन वर्षी की तैयारी करनी पड़ी। विद्या ने कुल जेवर निकालकर दे दिये। उनकी तरफ़ देखा तक नहीं। बराबर निगाह पति की आँखों से मिली रही।

वर्षी हो गयी। दो हज़ार ब्राह्मणों का जमाव रहा। एक दिन उसने अपने ही कानों शाम को आते हुए सुना, लोग बातचीत कर रहे थे, 'कैसा बेवकूफ़ बनाया!' रामकुमार संसार से सब प्रकार हताश हो गया। एक दिन विद्या को विदा कराने के लिए उसका भाई आया। रामकुमार को निराभरण विद्या को भेजते हुए बड़ी लज्जा लगी। पर वह स्वयं कुछ दिनों के लिए विद्या से अलग होना चाहता था। पति को छोड़कर पिता के यहाँ जाने की विद्या की भी इच्छा न थी। उसने निश्चय कर लिया था, एक दिन इनके साथ हाथ पकड़कर हमेशा के लिए घर छोड़ेगी। ऐसी दशा जब उत्तरोत्तर हो रही है, तब वह दिन भी शीघ्र आने वाला है, जब इसे स्त्रीत्व की विभूतियों से अमर, ऊँचा आदर्श पति के प्रेम में पूरा करना होगा। उसे बिना गहनों के मायके जाने में लाज न थी, जहाँ उसके बालकेलियों से उज्ज्वल, निराभरण रूप वाले दिन बीते थे। वह केवल पति के सोच में थी। पर रामकुमार, कुछ समय हीरे की खान ढूँढ़ने के लिए निकले हुए यूरोपीयों की तरह, अर्थ के अन्वेषण में अकेला चलना चाहता था। विद्या को घर में निस्संग रहने के कारण कष्ट होगा, सोचकर, मौका देख एकान्त में उसने समझाया कि जब तक किसी जगह वह पैर न जमा सके, तब तक विद्या का मायके ही रहना अच्छा होगा, और उसके विदा होने के बाद वह भी अर्थ की तलाश में निकलेगा।

विद्या पति की पद-धूलि लेकर भाई के साथ चली गयी। रामकुमार भी अर्थ की खोज में बाहर निकला। लखनऊ, कानपुर और प्रयाग में कई जगह गया, पर किसी ने भी न पूछा। वह क्या जाने कि संसार किसे कहते हैं, एक साधारण-सी जगह के लिए कितने असाधारण कार्य करने पड़ते हैं, कितना छल, कितनी ख़ुशामद, कितनी सिफ़ारिश दो रोटियों की नौकरी के लिए आज ज़रूरी हो रही है? उसके राम इस संसार के स्वामी हो सकते हैं, पर बर्ताव में इस संसार के स्वामी उसके राम नहीं। सभी जगह से उसे अपमान सहकर लौटना पड़ा; सभी ने उसे बेवकूफ़ बनाकर छोड़ा। उसके हृदय की कौन जानता था? पर उसकी मूर्खता, नौकरी के लिए बेकायदा आकर गिड़गिड़ाने पर सब पहचान लेते थे। वह कितना पवित्र है, इसकी

किसे आवश्यकता है? उसे संसार का, ऑफ़िस का कुछ ज्ञान नहीं, यह सब समझ जाते थे। उसने क्यों पहले से ऑफ़िस का ज्ञान प्राप्त नहीं कर लिया? दस रुपये की नौकरी? नहीं है। रुपया पेड़ में फलता है? लाखों का माल किसी के पास होता है तो वह लुटा देता है? लोग दमड़ी की हण्डी बजाकर लेते हैं।

सब जगह ठोकरें मिलीं। रामजी के विश्वास पर इधर जो शैथिल्य आ गया था, संसार का जितना तृण इस मन्द अंगार पर आ पड़ा था, संस्कार की तेज़ हवा से जलने लगा। तमाम आग राम के ही विश्वास में बदल गयी। बार-बार हृदय में स्पन्द-स्पन्द पर ध्वनित हो चला, जिन पर इतने बड़े-बड़े महात्मा विश्वास करते आये, वह एक मिथ्या कल्पना-मात्र है? आज तक जिसके सहारे का भरोसा किया, वह शून्य की तरह कुछ भी नहीं? रामकुमार का मस्तिष्क और हृदय जलने लगा। प्रयाग-स्टेशन आ चित्रकूट के लिए टिकट कटाकर गाड़ी पर बैठ गया।"

जब चित्रकूट उतरा, तब उसके पास कुछ न था। जो कुछ थोड़ा-सा सामान और रुपया-पैसा था, मानिकपुर और कर्बी के बीच जब रात को गाड़ी पहाड़ी जंगल पार कर रही थी, दूसरों की आँख बचाकर फेंक दिया। चित्रकूट पहुँचे चुल्लू से पयस्विनी का जल पीकर, एक यात्री की कृपा से नदी पार हो, हनुमद्धारा में पहले रामभक्त महावीरजी के दर्शन करने गया। पहाड़ की सीढ़ियाँ तय कर बड़े भक्तिभाव से हनुमानजी को प्रणाम किया। पर पैसे न चढ़ाये, थे ही नहीं। एक बाबा जी बैठे थे, गालियाँ देने लगे। चुपचाप, कुछ देर भी विश्राम किये बिना, लौटा। महावीरजी की सहायता से विश्व-सम्राट् भगवान श्रीरामचन्द्रजी से वह पैसे माँगने गया था, चढ़ाने नहीं। थका हुआ, सीढ़ियाँ उतरने लगा। सावन की सजल दिगन्त तक फैली हुई श्याम शोभा राममयी हो रही थी, शीतल-सुख-स्पर्श वर्षा-समीर बह रही थी, पर उसके हृदय की आग इससे और जल-जल उठने लगी। इतने जल में भी मुख सूख गया। नदी के किनारे दीन-भाव से आकर खड़ा हुआ। अबकी मल्लाह ने स्वयं दया की। पार उतरकर रामकुमार कामद-गिरि की परिक्रमा करने लगा। पहाड़ पर मोरों के झुण्ड निर्भय नृत्य कर रहे थे। बड़े-बड़े पेड़ हवा के झोंकों से लहरा-लहराकर कह रहे थे 'हम पूर्ण हैं, हमें कुछ भी न चाहिए।' एक जगह लोगों से उसने पूछा– "भगवान के इस गिरि पर क्या है?" लोगों ने कहा–"इस पर भगवान स्वयं रहते हैं। ऊपर एक बड़ा-सा सरोवर है, उसके किनारे उनकी कुटी है, वहीं सीताजी और लक्ष्मणजी के साथ वह निरन्तर तपस्या करते हुए भक्तों की मनोकांछाएँ पूरी करते रहते हैं।" रामकुमार ने आग्रह से पूछा–"वहाँ दर्शन के लिए

जाने की मनाही क्यों है?” उत्तर मिला–“वहाँ जाने से भी दर्शन नहीं हो सकते, भगवान, सरोवर, कुटी सब लुप्त हो जाते हैं।” रामकुमार को बड़ा ताज्जुब हुआ। उसने निश्चय किया, लोग दिन को नहीं चढ़ने देते, मैं रात को चढ़ूँगा। फिर वह परिक्रमा करता गया। पहले भूख और प्यास से सूख रहा था, अब इस निश्चय से राम-दर्शन-भर पर विश्वास दृढ़ हुआ, चेहरा गुलाब के फूल-जैसा खिल गया। प्राकृतिक शोभा जैसे सूचित कर रही हो, राम हैं, वह मिलेंगे। ख़ुशी से परिक्रमा करता हुआ मंसूबे बाँधता रहा।

परिक्रमा समाप्त कर एक मन्दिर में शिव-नाम जपता हुआ उनकी कृपा की भिक्षा, जिससे रामजी के दर्शन मिल जायें और अपने समय की प्रतीक्षा करता रहा। सब दिनों की असफलता आज आशा में पूरी सफलता बनकर उसे आनन्द में लहरा रही थी। रात दस बजे तक वह उसी मन्दिर में बैठा रहा। जब देखा कि सब सुनसान हो गया है, तब बाहर निकला। घोर अंधकार छाया हुआ था। आकाश में सावन की घटा छायी हुई थी, हवा चल रही थी, बादल गरज रहे थे। परिक्रमा का अन्त करने से कुछ पहले एक स्थान उसे ऐसा मिला, जहाँ मन्दिर कम हैं, रास्ता रोकने वाले लोगों का भय नहीं। वहीं से पहाड़ चढ़ने का उसने निश्चय किया था, उसी ओर, उल्टी परिक्रमा करता हुआ चला। घोर रात्रिकाल। मन्दिरों के द्वार बन्द हो चुके थे। शायद लोग भी सो चुके हों। तीव्र आकांक्षा से बढ़ता हुआ अपने स्थान पर पहुँचा। देखा, कामद-गिरि का बड़ा भयानक रूप हो रहा था। पर रामकुमार के प्राणों को चोट पहुँची थी, राम को वह प्यार करता था, उन्हीं राम ने संसार में उसे अकेला छोड़ दिया है, प्रार्थना पर भी सहायता नहीं की। इसलिए मृत्यु भी आज तुच्छ है–सत्य का साक्षात्कार, चिरकाल के प्यार वाले राम एक तरफ़ हैं, घोर प्रकृति, दुर्धर्ष पहाड़, अपार बाधाएँ प्राणों का मोह पैदा करती हुई एक तरफ़। पर प्राणों का मोह तो उसे होता है, जिसका संसार सुखमय, विलास की रंगशाला में परियों की पद-भूमि हो। एक बार पहाड़ की ओर गर्दन उठाकर रामकुमार ने देखा। घोर अंधकार के सिवा कुछ भी न दिखायी पड़ा। उसके बाद नग्न गिरि की पूजा में अपने वस्त्र उतारकर पद-मूल में नमन कर मन-ही-मन कहा–“लो, अब कुछ भी मेरे पास अपना कहने के लिए नहीं रह गया, मैं अब केवल उनसे मिलकर एक बार पूछना चाहता हूँ, मेरे पत्र का ग्रहण मेरे किस अपराध के फलस्वरूप आपने नहीं किया?” अर्द्ध-विक्षिप्त-सा होकर बाह्य त्याग की सीमा तक पहुँचाकर रामकुमार पहाड़ चढ़ने लगा। कमर-भर सब जगह घास

उगी हुई, खड़ा पहाड़, वर्षा के जल से पत्थरों पर कहीं-कहीं काई जमी हुई, प्रति पद साँप और बिच्छुओं का भय। पर रामकुमार को कोई होश नहीं, केवल राम से मिलने की लगन लगी हुई। कुछ दूर बाद पहाड़ से एक झरना उतरा था, जल न था, वह रास्ता मिलने पर, उसी से हाथ-पैर, चारों टेककर चढ़ता गया। कुछ दूर जाने पर थका, तो महावीरजी के देह के घी-मिले सिंदुर की सुगन्ध आने लगी। मन में विचार आया, महावीरजी मेरे साथ मेरी रक्षा कर रहे हैं, फिर प्राणों को अपूर्व बल प्राप्त हो गया। फिर चढ़ने लगा। तीन-चौथाई पहाड़ चढ़ गया, तब सामने पहाड़ का एक हिस्सा लटका हुआ दिखायी पड़ा। चढ़ने का उपाय न था, बड़ा दुःख हुआ। उसी समय बिजली कौंधी। प्रकाश में कुछ पग दाहिने एक पेड़ दिखायी पड़ा, जो पहाड़ के लटकते हिस्से की बग़ल से उगकर उससे मिला हुआ तने से ही कुछ ऊँचा उठ गया था। रामकुमार उसी पेड़ पर चढ़कर उस लटकते हिस्से पर गया। अब बूँदों की वर्षा होने लगी। पर रामकुमार चढ़ता ही गया। जब कुछ और ऊपर गया तो वैसा ही एक दूसरा उससे कुछ और ऊँचा लटकता हिस्सा दिखायी पड़ा। ठीक इसके बाद कामद-गिरि की चढ़ायी समाप्त थी, पर चढ़ने का कोई उपाय न था। बिजली चमकी, देखा, दूर तक पहाड़ वैसा ही खड़ा चढ़ा था। ऊपर से लटका हुआ। अब पानी भी धीरे-धीरे बरसने लगा। लाचार हो, उसी लटके पहाड़ के नीचे बैठकर रोने लगा।

कुछ देर बाद पानी बन्द हो गया। उसे भय हुआ कि दिन को लोग देखेंगे, तो पकड़कर मारेंगे। रात दो-ढाई घंटे रह गयी थी, तब तक पहाड़ से उतर जाने का निश्चय कर उतरने लगा। उसी तरह पहले पेड़ से होकर उतरा। फिर धीरे-धीरे घंटे-भर बाद नीचे आया। कपड़े जो उतारकर कामद-गिरि पर चढ़ा दिये थे, फिर से पहन लेने की इच्छा हुई। जहाँ उतारे थे, वहाँ देखने लगा, वहाँ कोई कपड़ा न मिला। पवन देव न-जाने कहाँ उड़ा ले गये थे। अब बड़ी लज्जा लगी। अँधेरा जब तक है, तब तक बस्ती छोड़कर दूर निकल जाने को जी करने लगा। वह पयस्विनी की तरह चला। रास्ते में नाला छाती तक भरा हुआ मिला। वहाँ उसे मालूम हुआ, पानी ज़ोर का गिरा है। नाला पार कर पयस्विनी के तट पर गया, तो पानी के मारे सब घाट डूब गये थे। नदी का रूप भयंकर हो रहा था। जहाँ आदमी चलते थे, वहाँ कहीं-कहीं छाती से ज्यादा पानी था। यह देखकर अनजाने एक दूसरे रास्ते से चलकर सीतापुर के भीतर पैठा। जल्द-जल्द बस्ती के बाहर जा रहा था। उषा के क्षीण प्रकाश से अँधेरा हट चला। अभी तक लोग जगे न थे। कुछ दूर जाने पर

ब्राह्ममुहूर्त में उठने वाले एक यज्ञोपवीतधारी ब्राह्मण मिले। ब्राह्मण देवता को देखकर रामकुमार ने करुण कण्ठ से प्रार्थना की 'आप अपना गमछा मुझे दे दीजिए! यहाँ बस्ती है।' ब्राह्मण गला फाड़कर पुकार उठे–"चोर है! पुलिस-पुलिस!" रामकुमार धीर पद चल दिया। लोगों ने निकलकर देखा, प्रशान्त अविचल नग्न युवक-साधु चला जा रहा है–उसकी चाल में चोर के लक्षण नहीं। ब्राह्मण ने कहा–"यह मुझसे अँगोछा माँग रहा था।" लोगों ने कहा–"मूर्ख, बस्ती के विचार से साधु ने ऐसा कहा होगा, तेरा एक अँगोछा लेकर वह क्या करेंगे? तूने बड़ा धोखा खाया, डेढ़ गज कपड़े के तुझे थानों मिलते।"

धीरे-धीरे रामकुमार बस्ती पार कर गया। जिधर निगाह जाती है, लक्ष्यहीन उसी तरफ़ चला गया। दु:ख, ग्लानि, क्षोभ, क्लान्ति और भूख से बिलकुल मुरझा गया था। मन इतने उच्च स्तर पर था कि उसे अपने नग्न शरीर के लिए अब बिलकुल लज्जा न थी। प्रकाश फैलने के साथ ही लाज का अँधेरा भी मिट गया। सामने महुए के दो-तीन पेड़ दिखायी पड़े, उसी ओर चला। पहुँचकर छाया में बैठते ही इतनी क्लान्ति बढ़ी कि लेट गया। लेटते ही बेहोश हो गया।

जब जागा, तब दोपहर थी। देह फूल-सी हल्की हो गयी थी। इतनी स्वच्छता का उसे कभी अनुभव न हुआ था। शंका आप-ही-आप पैदा हुई, 'क्या भगवान नहीं हैं?'

सुना, ठीक मस्तक के ऊपर से आवाज़ आयी–"हैं, हैं।"

ताज्जुब में आ निगाह उठाकर देखा, एक सुग्गा बैठा हुआ फिर "टें-टें" कर उठा।

सन्देह से निगाह हटा ली। फिर शंका हुई, "यह सब क्या है?"

फिर ऊपर से आवाज़ आयी–"चित्रकूट," "चित्रकूट।"

मन में उत्तर तैयार हो गया–"चित्रकूट है इसका।"

समास का ज्ञान रामकुमार को था। इस उत्तर के निकलते ही जैसे सारी पृथ्वी उसकी दृष्टि में चक्कर खाने लगी, पेड़ आदि सब घूमने लगे, घूमते-घूमते, धूमिल छाया में बदलते हुए सब आकाश में मिलने लगे। अन्त में रामकुमार को कहीं कुछ न दिखायी पड़ा। उसके देह है, यह ज्ञान भी न रहा। शरीर निश्चल, आँखें निष्पलक रह गयीं।

कुछ देर बाद ज्ञान हुआ। गोस्वामी तुलसीदास जी की जीवनी का वह अंश याद आया, जहाँ लिखा है, महावीर-रूपी तोते ने कहा है–

"चित्रकूट के घाट पै भइ सन्तन की भीर;

तुलसिदास चन्दन घिसैं, तिलक देत रघुबीर।"

इसके बाद ही शुकदेव को याद आयी।

मन में फिर शंका हुई–'तो क्या अभी-अभी जो कुछ मैंने देखा, यही राम हैं?' फिर सुनायी पड़ा–"हाँ-हाँ!" आँख उठाकर देखा–"टें-टें" करता हुआ सुग्गा उड़ गया।

फिर मन चिरकाल से अभ्यस्त अज्ञान वाले घर में जाना ही चाहता था कि "उठ-उठ" की आवाज़ आयी। फिरकर देखा तो एक कठफोड़वा दूसरे महुए की सूखी डाल में खटाखट चोंच मार रहा था।

इस समय कुछ चरवाहे बालक सामने आ हाथ जोड़कर बोले–"महाराज गाँव जाइये। पास ही, वह दिखायी पड़ता है।"

रामकुमार उठकर खड़ा हो गया। भूख लग आयी। भिक्षा की इच्छा हुई। गाँव की ओर चला। मन आज की विश्व-प्रकृति के अद्भुत सत्य-परिचय में तन्मय था, स्वभाव एक सरल बालक सा-बन रहा था। लज्जा लेश-मात्र न थी। घर-द्वार, पेड़-पौधे छायामय दिखायी दे रहे थे। उनका सत्य उसी के पास सिमटा हुआ था। गाँव पहुँचकर, एक द्वार पर खड़ा हो, मौन अंजलि फैला दी। उसे अब कोई आवश्यकता नहीं मालूम दी कि यह किस जाति वाले का घर है, जाँचकर भिक्षा ले। वह बाहरी दुनिया को इतना कम देख रहा था। जिसके द्वार पर उसने हाथ फैलाया था, वह नीच जाति का मनुष्य था। उसके यहाँ किसी साधु ने भोजन-भिक्षा नहीं ली। उसके संस्कार भी ऐसे बन गये थे कि उसे भोजन देते हुए संकोच हुआ, गाँव के ऊँचे कुल वालों से डरा, प्रणाम कर भक्ति-पूर्वक उसने कहा–"महाराज, आप उस तरफ़ जाइये, उधर ब्राह्मणों के मकान हैं।" रामकुमार उसी तरफ़ चला। कुछ दूर पर एक आदमी बैठा था, देखकर रामकुमार ने पूर्ववत् अंजलि फैला दी।

इसी समय "अरे रामकुमार! तुम्हारा यह हाल!!" कहकर वह युवक ऊँचे स्वर से रोने लगा। अब रामकुमार का भी ध्यान उसकी तरफ़ गया। उसने देखा, युवक उसका मित्र है। जब वह पिता के साथ परदेश में रहता था, तब वहाँ यह युवक भी अपनी बहन के पास जाकर कुछ साल तक ठहरा था। दोनों घनिष्ठ मित्रता के पाश में बँध चुके थे।

परिचय के पश्चात् रामकुमार का मन नीचे उतर चला, उसे लाज लगने लगी। युवक एक धोती आप-ही-आप ले आया और देकर कहा कि इसे पहनकर यहीं

कुछ दिन रहो और अपने समाचार कहो। उसकी स्नेहमयी मैत्री का दबाव रामकुमार हटा न सका, धोती पहनने लगा। गाँव के कुछ लोग एकटक यह स्नेह-संयोग देख रहे थे। बाद को युवक से उन्हें मालूम हुआ, यह भले घर का लिखा-पढ़ा लड़का है, भक्ति के आवेश में इसने ऐसा किया है।

जलपान तथा भोजन समाप्त कर युवक ने अपने पिता के स्वर्गवास का हाल तो कहा, पर वह भगवान रामचन्द्रजी से रुपया माँगने के लिए चित्रकूट आया हुआ है और इसी उद्देश्य से नग्न है, यह कुछ न कहा। उसी रात को सोते हुए उसने स्वप्न देखा, उसका वही मित्र सूर्य की तरह प्रकाशवान, श्यामलाभ धनुर्धर साक्षात् रामचन्द्र है, हँसता हुआ कह रहा है, तुमने अर्थ के लिए बड़ा परिश्रम किया, मैंने तुम्हें दिया। इसी समय आँखें खुल गयीं। देखा, उसका युवक मित्र उठ बैठा है, ठीक ब्राह्ममुहूर्त है। युवक ने कहा—"रामकुमार, मैंने आज बड़ा खराब स्वप्न देखा, देखा कि तुम एक नदी तैरकर पार कर रहे हो, पर बीच धारा में पड़कर बहे जा रहे हो, तुम्हें बचाने को मैं भी नदी में कूदा, तब न वहाँ पानी था न तुम, घबराकर उठ बैठा।"

दूसरे दिन रामकुमार को कर्वी-स्टेशन पर ले जाकर उसने घर तक का टिकट कटा दिया। प्रयाग उतरकर नौकरी की तलाश में पूछताछ करता हुआ वह 'नवयुग' प्रेस में गया, वहाँ चिट्ठियाँ लिखने के लिए एक क्लर्क की आवश्यकता थी, जगह बीस रुपये की। उसकी बातचीत से मालिक को दया आ गयी, उसे रख लिया।

वहीं से उसने पढ़ना शुरू किया, और साल ही भर में एक उपन्यास लिखा, और मुफ़्त छापने को दे दिया। उपन्यास की भाषा बड़ी सजीव थी। भाव बिलकुल नये। लोगों को बहुत पसन्द आया। खूब बिका। नौकरी छोड़ दी। दूसरे साल तीन उपन्यास लिखे। चार ही साल में वह उपन्यास-साहित्य की चोटी पर पहुँच गया। कई हज़ार रुपये उसने एकत्र कर लिये। सारा ऋण चुका दिया, और अब विद्या के साथ सुखपूर्वक रहता है।

रामकुमार का कहना है कि ईश्वर ही अर्थ है, वह जिस भक्त पर कृपा करते हैं; उसमें सूक्ष्म अर्थ बनकर रहते हैं, जिससे वह स्थूल अर्थ पैदा करता रहता है।

हीरालाल ने कहा—"संसार के व्यवसाय में भी सूक्ष्म अर्थ ही स्थूल अर्थ पैदा होने के कारण है।"

फिर दिनेश की ओर देखकर पूछा–"अच्छा, तोते की जगह आपको विश्वास होता है?"

"मुझे कुल आत्मकथा पर विश्वास है।" दिनेश ने उत्तर दिया।

"तो रामकुमार की तरह आपको भी हिन्दू-धर्म के गपोड़ों पर विश्वास करने की आदत है।"

"नहीं, इसलिए नहीं, बल्कि रामकुमार..."

छूटते ही हीरालाल ने पूछा–"रामकुमार आप ही हैं?"

"नहीं, रामकुमार को वस्त्र देने वाला उसका मित्र।"

राजा साहब को ठेंगा दिखाया

लोग कहते हैं, ऐसा लिखा जाये कि एक मतलब हो, उसी वक़्त समझ में आ जाये, अपढ़ लोग भी समझें। बात बहुत सीधी है। मुझे एक उदाहरण याद आया। लिखता हूँ। यह लिखा हुआ उद्धृत नहीं देखा हुआ है। तब तक आप लोग ठेंगा दिखाने का मुहावरा याद रखें।

बंगाल और उड़ीसा को जोड़ने वाली एक नहर है। रूपनारायण (नद) से काटकर कटक तक निकाली गयी है। यह केवल आबपाशी के लिए नहीं, इससे व्यवसाय भी होता है, बड़ी-बड़ी नावें चलती हैं।

इसके किनारे पद्दल राजधानी है। राजा साहब के छोटे-छोटे स्टीमर, बोट, लाउंच, बजरे, किश्ती, डोंगी आदि राजधानी के पास चौड़ी की हुई नहर के एक तरफ़ बँधी रहती हैं।

जेठ का महीना सूरज डूब रहा है। ज़ोरों से बहती हुई मलय वायु में षोडशी का स्पर्श मिलता है। यह अकेली दक्षिणी हवा बंगाल की आधी कविता है। प्रासाद-शिखरों से सुनहली किरणें लिपटी हैं, उन्हीं के प्रेम की साँस जैसे दक्षिणी हवा में बह रही है। बड़े-बड़े तालाबों में श्वेत और रक्त कमल खुले हुए अनुभव-जैसे, लोट रहे हैं। स्वच्छ, क़ीमती, चौड़ी किनारी वाली, बारीक, ठोस-बुनी, बंगला-ढंग से कोंछीदार शान्तिपुरी धोती, रेशमी शर्ट और सुनहरे स्लीपर पहने, चशमा लगाये राजा साहब नाव की सैर के लिए चले। रास्ते में तीन ड्योढ़ियाँ पड़ती हैं, हौदा-कसे हाथियों के निकलते आधी और ऊँची; रास्ते के दोनों तरफ़ बड़े-बड़े तालाब; साफ़-सुथरे दूब जमाये पार्क; दोनों बग़ल बटम-पाम की कतारें; दूर के देशी बाग़ीचों से बेला, जूही और कमलों की ख़ुशबू आती हुई। पहली ड्योढ़ी में बैठे हुए राजा साहब के मुसाहब उनके आने पर कतार बाँध

कर भक्तिपूर्वक प्रणाम करके उद्दण्ड प्रसन्नता से साथ हो गये। अर्दली, सिपाही, खानसामे प्रासाद से साथ आये थे। पहली, दूसरी और तीसरी ड्योढ़ी के सिपाही क्रमश: किर्च निकाल-निकालकर, राजा साहब को बायें रखकर दाहिने हाथ से सलामी देते गये। तीसरी ड्योढ़ी प्रासाद के अहाते को घेरने वाली जलाशय चौड़ी खाई के किनारे है, खाई के ऊपर से पुल है।

राजा साहब निकलकर नहर-घाट की तरफ़ चले। स्टीमर, लाउंच, मोटर-बोट और देशी किश्ती वाले मुसलमान, नौकर, कप्तान और माझियों ने भी उसी प्रकार कतार बाँधकर सलाम किया। राजा साहब खुली छत वाली एक अंग्रेजी कट की देशी किश्ती पर पतवार पकड़कर बैठ गये। पीछे-पीछे मनोरंजन के लिए पले पहलवान–जैसे मुसाहब आकर एक-एक तख़्ते पर डाँड़ सँभालकर बैठे। माझी खड़े रहे। सिपाही और अर्दली नहर के किनारे-किनारे बोट के साथ दौड़ लगाकर रहने के लिए लाँग समेटने लगे। किश्ती चली, किनारे-किनारे सिपाही दौड़े।

डेढ़ मील के फ़ासले पर शक्तिपुर नाम का एक बाग़ी गाँव है। वहाँ विश्वम्भर भट्टाचार्य नाम का एक ब्राह्मण रहता है। राजा साहब कई रोज़ से किश्ती पर हवाखोरी करते हैं, देखकर, सोच-विचारकर, लाँग चढ़ाकर, अपने गाँव के पास नहर के बाँध पर खड़ा विश्वम्भर राजा साहब की प्रतीक्षा कर रहा है।

सिपाही लोग दौड़कर कुछ ही दूर तक साथ रहते हैं, आठ-आठ, दस-दस पट्टों की डाँड़मारी किश्ती तीर-सी चलती है, तीन-चार फर्लांग के बाद सिपाहियों का दम खुल जाता है, किश्ती आगे निकल जाती है, वे पीछे-पीछे लट्टु लिये दुलकी दौड़ते आते हैं।

जब शक्तिपुर के पास किश्ती पहुँची, तब सिपाही तीन-चार फर्लांग पीछे थे। विश्वम्भर राजा साहब की ताक में खड़ा ही था; जब किश्ती आती हुई सौ गज फ़ासले पर रह गयी, तब उसने एक अद्भुत प्रकार की ध्वनि की, जिससे राजा साहब का ध्यान आकर्षित हो। राजा साहब को अपनी तरफ़ देखते हुए देखकर उसने हवा में उँगली से लिखकर राजा साहब की ओर कोंचा; फिर पेट खलाकर दोनों हाथों को मरोड़ा, फिर दाहिने हाथ से मुँह थपथपाया, फिर दोनों हाथों के ठेंगे हिलाकर राजा साहब को दिखाया।

राजा साहब देख रहे थे। डाँड़ धीमे कर देने को कहा। फिरकर देखा, सिपाही दूर थे। किश्ती धीरे-धीरे चलती गयी। विश्वम्भर पीछे-पीछे दोनों हाथों से पेट दिखाता, ठेंगे हिलाता दौड़ा। राजा साहब जब सिपाहियों को फिरकर देखते थे, तब पहले

विश्वम्भर ठेंगे हिलाता हुआ दिखायी पड़ता था। बाँध पर और भी आ-जा रहे थे। कुछ भले आदमी हवाखोरी को निकले हुए मुस्करा रहे थे। किश्ती की चाल धीमी देखकर सिपाहियों ने जल्दी की। नज़दीक आकर एक अनजाने को बेअदबी करते देखकर राजा साहब की तरफ़ देखा। राजा साहब ने इशारे से सिर हिलाया। सिपाही विश्वम्भर को पकड़कर प्रहार करने लगे। किश्ती लौट चली।

सिपाहियों ने आते हुए विश्वम्भर की मुद्राएँ देखी थीं, जिनका अर्थ समझने में उन्हें देर नहीं हुई। उसे मारते हुए कहने लगे–“क्यों रे...हमारे महाराज रियाया की ज़बान बन्द करते हैं?–पेट भी मारते हैं?–ठेंगा दिखाता है हमारे महाराज को, इतना भी नहीं समझता?” विश्वम्भर को पीटकर दोनों गदोरी और उँगलियाँ कुचलकर सिपाही चले गये। ख़बर विश्वम्भर के घर पहुँची। उसकी पत्नी, सत्रह साल की विधवा बेटी और दो (नौ और पाँच साल के) छोटे लड़के फटे कपड़े पहने, रोते हुए बाँध पर पहुँचे। गाँव के और लोग भी गये। विश्वम्भर को सँभालकर उठा लाये। खाट पर लिटा दिया। गर्म हल्दी-चूना लगाने लगे। राजा साहब के जासूस छद्मवेश से पता लगाते रहे।

गाँव के कुछ भलेमानस गर्म पड़े। पर कुछ कर न सके। राजा साहब का प्रताप बड़ा प्रबल है। उनके विरोध में कुछ करने की अपेक्षा विश्वम्भर के समर्थन में कुछ करना अच्छा है, यह सोचकर उसी की सेवा करने लगे।

विश्वम्भर बड़ा सीधा, सच्चा ब्राह्मण है। विशेष पढ़ा-लिखा नहीं, किसी तरह पूजा कर लेता था। शक्तिपुर से तीन कोस दूर रंगनगर में राज्य की विशालाक्षी देवी हैं। विश्वम्भर इनका पूजक है। तीन रुपया महीना और रोज़ पूजा के लिए तीन पाव चावल और चार केले पाता है। घर में पाँच आदमी खाने वाले हैं। बड़े दुःख के दिन होते हैं। इधर बीस महीने से उसे वेतन नहीं मिलता। केवल तीन पाव चावल का सहारा रहा। कुछ और काम वह, उसकी पत्नी और बेटी, तीनों अलग-अलग कर लेते थे। फिर भी पेट-भर को न होता था। विश्वम्भर ने तनख़्वाह के लिए इधर साल-भर में दो दर्जन से ज्यादा दरख़्वास्तें दी थीं, पर सुनवाई नहीं हुई। इस बार प्राणों की भाषा में उसने अपने भाव प्रकट किये थे–हवा में लिखकर, कोचकर बताया था, तुम्हें लिख चुका हूँ, पेट मलकर कहा था, भूखों मर रहा हूँ; मुँह थपथपाकर और ठेंगे हिलाकर बतलाया था, खाने को कुछ नहीं है। उतने प्रकाश में, इतनी स्पष्ट भाषा से समझाया था, पर राजा साहब ने अपमान समझा। सिपाहियों ने दूसरे अर्थ लगाये।

जासूसों ने राजा साहब को समझाया कि शक्तिपुर के बाग़ी विश्वम्भर से मिले हैं, उन्होंने उसे बेवक़ूफ़ जानकर महाराज का उससे अपमान कराया। विश्वम्भर सरकार की नौकरी का ख़याल छोड़कर बाग़ियों से मिला है। जासूसों ने इस प्रकार अपनी रोटियों का प्रबन्ध किया।

कुछ दिनों बाद, घाव पुरने पर स्टेट की तरफ़ से विश्वम्भर को आज्ञा-पत्र मिला–"अब तुम्हारी नौकरी की सरकार को आवश्यकता नहीं रही।"

सुकुल की बीवी

बहुत दिनों की बात है। तब मैं लगातार साहित्य-समुद्र-मन्थन कर रहा था। पर निकल रहा था केवल गरल। पान करने वाले अकेले महादेव बाबू ('मतवाला' के संपादक)। शीघ्र रत्न और रम्भा के निकलने की आशा से अविराम मुझे मथते जाने की सलाह दे रहे थे। यद्यपि विष की ज्वाला महादेव बाबू की अपेक्षा मुझे ही अधिक जला रही थी, फिर भी मुझे एक आश्वासन था कि महादेव बाबू को मेरी शक्ति पर मुझसे भी अधिक विश्वास है। इसी पर वेदान्त-विषयक नीरस एक सांप्रदायिक पत्र का संपादन-भार छोड़कर मनसा-वाचा-कर्मणा सरस कविता-कुमारी की उपासना में लगा। इस चिरन्तन चिन्तन का कुछ ही महीने में फल प्रत्यक्ष हुआ, साहित्य-सम्राट् गोस्वामी तुलसीदास जी की मदन-दहन-समय वाली दर्शन-सत्य उक्ति हेच मालूम दी, क्योंकि गोस्वामी जी ने, उस समय दो ही दण्ड के लिए कहा है–'अबला बिलोकहिं पुरुषमय अरु पुरुष सब अबलामयम्।' पर मैं घोर सुषुप्ति के समय को छोड़कर, बाक़ी स्वप्न और जाग्रत के समस्त दण्ड, ब्रह्माण्ड को अबलामय देखता था।

इसी समय दरबान से मेरा नाम लेकर किसी ने पूछा–"हैं?"

मैंने जैसे वीणा-झंकार सुनी। सारी देह पुलकित हो गयी, जैसे प्रसन्न होकर पीयूषवर्षी करट से साक्षात् कविता-कुमारी ने पुकारा हो, बड़े अपनाव से मेरा नाम लेकर। एक साथ कालिदास, शेक्सपीयर, बंकिमचन्द्र और रवीन्द्रनाथ की नायिकाएँ दृष्टि के सामने उतर आयीं। आप ही एक निश्चय बँध गया–यह वही हैं, जिन्हें कल कार्नवालिस स्कवायर पर देखा था, टहल रही थीं। मुझे देखकर पलकें झुका ली थीं। कैसी आँखें वे! उनमें कितनी बातें! मेरे दिल के साफ़ आईने में उनकी सच्ची तस्वीर उतर आयी थी, और मैं भी वायु-वेग से उनकी बग़ल से निकलता हुआ, उन्हें समझा आया था कि मैं एक अत्यन्त सुशील, सभ्य, शिक्षित और सच्चरित्र युवक हूँ।

बाहर आकर, गेट पर, एक मोटर खड़ी देखी थी। ज़रूर वह उन्हीं की मोटर थी। उन्होंने ड्राइवर से मेरा पीछा करने के लिए कहा होगा। उससे पता मालूम कर, नाम जानकर, मिलने आयी हैं। अवश्य यह बेथून-कॉलेज की छात्रा हैं। उसी के सामने मिली थीं। कविता से प्रेम होगा। मेरे छन्द की स्वच्छन्दता कुछ आयी होगी इनकी समझ में, तभी बाक़ी समझने के लिए आयी हैं। उठकर जाना अपमानजनक जान पड़ा। वहीं से दरबान को ले आने की आज्ञा दी। अपना नंगा बदन याद आया। ढँकता, कोई कपड़ा न था। कल्पना में सजने के तरह-तरह के सूट याद आये, पर, वास्तव में, दो मैले कुर्ते थे। बड़ा गुस्सा लगा, प्रकाशकों पर। कहा–"नीच हैं, लेखकों की क़द्र नहीं करते।" उठकर मुंशी जी के कमरे में गया, उनकी रेशमी चादर उठा लाया। कायदे से गले में डालकर देखा, फबती है या नहीं। ज़ीने से आहट नहीं मिल रही थी, देर तक कान लगाये बैठा रहा। बालों की याद आयी–उकस न गये हों। जल्द-जल्द आईना उठाया। एक बार मुँह देखा, कई बार आँखें सामने रेल-रेलकर। फिर शीशा बिस्तरे के नीचे दबा दिया। शॉ की 'गेटिंग मैरेड' सामने करके रख दी। डिक्शनरी की सहायता से पढ़ रहा था, डिक्शनरी किताबों के अन्दर छिपा दी। फिर तनकर गम्भीर मुद्रा से बैठा।

आगन्तुका को दूसरी मंजिल पर आना था। ज़ीना गेट से दूर था।

फिर भी देर हो रही थी। उठकर कुछ कदम बढ़ाकर देखा, बचपन के मित्र मिस्टर सुकुल आ रहे थे।

बड़ा बुरा लगा, यद्यपि कई साल बाद की मुलाक़ात थी। कृत्रिम हँसी से होंठ रंगकर उनका हाथ पकड़ा, और लाकर उन्हें बिस्तरे पर बैठाया।

बैठने के साथ ही सुकुल ने कहा–"श्रीमती जी आयी हुई हैं।"

मेरी रूखी ज़मीन पर आषाढ़ का पहला दौंगरा गिरा। प्रसन्न होकर कहा–"अकेली हैं, रास्ता नहीं जाना हुआ, तुम भी छोड़कर चले आये, बैठो तब तक, मैं लिवा लाऊँ–तुम लोग देवियों की इज़्ज़त करना नहीं जानते।"

सुकुल मुस्कराये। कहा–"रास्ता न मालूम होने पर निकाल लेंगी–ग्रेज्युएट हैं, ऑफ़िस में 'मतवाला' की प्रतियाँ खरीद रही हैं, तुम्हारी कुछ रचनाएँ पढ़कर-ख़ुश होकर।

मैं मचल न सका। गर्व को दबाकर बैठ गया। मन में सोचा, कवि की कल्पना झूठ नहीं होती। कहा भी है, 'जहाँ न जाये रवि, वहाँ जाये कवि।'

कुछ देर चुपचाप गम्भीर बैठा रहा। फिर पूछा–“हिन्दी काफ़ी अच्छी होगी इनकी?”

“हाँ,” सुकुल ने विश्वास के स्वर से कहा–“ग्रेज्युएट हैं।”

बड़ी श्रद्धा हुई। ऐसी ग्रेज्युएट देवियों से देश का उद्धार हो सकता है, सोचा। निश्चय किया, अच्छी चीज़ का पुरस्कार समय देता है। ऐसी देवी जी के दर्शनों की उतावली बढ़ चली, पर सभ्यता के विचार से बैठा रहा, ध्यान में उनकी अदृष्ट मूर्ति को भिन्न-भिन्न प्रकार से देखता हुआ।

एक बार होश में आया, सुकुल को धन्यवाद दिया।

सुकुल का परिचय आवश्यक है। सुकुल मेरे स्कूल के दोस्त हैं, साथ पढ़े उन लड़कों में थे जिनका यह सिद्धान्त होता है कि सिर कट जाये चोटी न कटे। मेरी समझ में सिर और चोटी की तुलना नहीं आयी; मैं सोचता था, पूँछ कट जाने पर जन्तु जीता है, पर जन्तु कट जाने पर पूँछ नहीं जीती; पूँछ में फिर भी खाल है, खून है, हाड़ और मांस है, पर चोटी सिर्फ़ बालों की है, बालों के साथ कोई देहात्मबोध नहीं। सुकुल-होय वाला ही जैसे चोटी के एकान्त उपासकों से चोटी की आध्यात्मिक व्याख्या कई बार सुनी थी, पर सग्रन्थि बालों के बल्ब में आध्यात्मिक इलेक्ट्रिसिटी का प्रकाश न मुझे कभी दिखायी पड़ा, न मेरी समझ में आया। फलत: सुकुल की और मेरी अलग-अलग टोलियाँ हुईं। उनकी टोली में वे हिन्दू लड़के थे, जो अपने को धर्म की रक्षा के लिए आया हुआ समझते थे, मेरी में वे लड़के, जो मित्र को धर्म से बड़ा मानते हैं, अत: हिन्दू, मुसलमान, क्रिस्तान सभी। हम लोगों के मैदान भी अलग-अलग थे। सुकुल का खेल अलग होता था, मेरा अलग। कभी-कभी मैं मित्रों के साथ सलाह करके सुकुल की हॉकी देखने जाता था और सहर्ष, सविस्मय, सप्रशंस, सक्लैप और सनयन-विस्तार देखता था। सुकुल की पार्टी-की-पार्टी की चोटियाँ, स्टिक बनी हुई, प्रतिपद-गति की ताल-ताल पर, सिर-सिर से हॉकी खेलती हैं, वली मोहम्मद कहता था, जब ये लोग हॉकी में नाचते हैं, वे चोटियाँ सिर पर ठेका लगाती है। फिलिप कहता था, See, the Hunter of the East has caught the Hindoos' forehead in a noose of hair. (देखो, पूरब के शिकारी ने हिन्दुओं के सिर को बालों के फन्दे में फँसा लिया है।) इस तरह शिखा-विस्तार के साथ-साथ सुकुल का शिक्षा-विस्तार होता रहा। किसी से लड़ाई होने पर सुकुल चोटी की ग्रन्थि खोलकर बालों को पकड़कर ऊपर उठाते हुए कहते थे, मैं चाणक्य के वंश का हूँ।

धीरे-धीरे प्रवेशिका-परीक्षा के दिन आये। सुकुल की आँखें रक्त मुकुल हो रही थीं। एक लड़के ने कहा–"सुकुल बहुत पढ़ता है; रात को खूँटी से बँधी हुई एक रस्सी से चोटी बाँध देता है, ऊँघने लगता है, तो झटका लगता है, जगकर फिर पढ़ने लगता है। चोटी की एक उपयोगिता मेरी समझ में आयी।"

मैं कवि हो चला था फलत: पढ़ने की आवश्यकता न थी। प्रकृति की शोभा देखता था। कभी-कभी लड़कों को समझाता भी था कि इतनी बड़ी किताब सामने पड़ी है, लड़के पास होने के लिए सिर के बल हो रहे हैं, वे उद्भिद्कोटि के हैं। लड़के अवाक् दृष्टि से मुझे देखते रहते थे, मेरी बात का लोहा मानते हुए।

पर मेरा भाव बहुत दिनों तक नहीं रहा। जब आठ-दस रोज़ इम्तहान के रह गये, एक दिन जैसे नाड़ी छूटने लगी। ख़याल आते ही कि फेल हो जाऊँगा, प्रकृति में कहीं कविता न रह गयी; संसार के प्रिय मुख विकृत हो गये; पिता जी की पवित्र मूर्ति प्रेत की-जैसी भयंकर दिखी; माता जी की स्नेह की वर्षा में अविराम बिजली की कड़क सुनायी देने लगी; वंश मर्यादा की रक्षा के लिए विवाह बचपन में हो गया था–नवीन प्रिया की अभिन्नता की जगह बंकिम दृगों का वैमनस्य-हलाहल क्षिप्त होने लगा; पुरजनों के प्रगाढ़ परिचय के बदले प्राणों को पार कर जाने वाली अवज्ञा मिलने लगी। इस समय एक दिन देखा, सुकुल के शीर्ण मुख पर अध्यवसाय की प्रसन्नता झलक रही है।

किताब उठाने पर और भय होता था, रख देने पर दूने दबाव से फेल हो जाने वाली चिन्ता। फलत: कल्पना में पृथ्वी-अन्तरिक्ष पार करने लगा। कल्पना की वैसी उड़ान आज तक नहीं उड़ा। वह मसाला ही नहीं मिला। अन्त में निश्चय किया, प्रवेशिका के द्वार तक जाऊँगा, धक्का न मारूँगा, सभ्य लड़के की तरह लौट आऊँगा, अस्तु, सबके साथ गया। और-और लड़कों ने पूरी शक्ति लगायी थी, इसलिए परीक्षा-फल के निकलने से पहले तरह-तरह से हिसाब लगाकर अपने-अपने नम्बर निकालते थे, मैं निश्चिंत, इसलिए निश्चिंत था; मैं जानता था कि गणित की नीरस कॉपी को पद्याकर के चुहचुहाते कवित्तों से मैंने सरस कर दिया है; फलत:, परीक्षा समुद्र-तट से लौटते वक़्त, दूसरे तो रिक्त-हस्त लौटे, मैं दो मुट्ठी बालू लेता आया; घर में पिता, माता, पत्नी, परिजन, पुरजन सबके लिए आवश्यकतानुसार उसका उपयोग किया।

मेरे अविचल कण्ठ से यह सुनकर कि सूबे में पहला स्थान मेरा होगा, अगर ईमानदारी से पर्चे देखे गये, लोग विचलित हो उठे। पिता जी तो गर्व से गर्दन

उठाये रहने लगे। पर ज्यों-ज्यों फल के दिन निकट होते आये, मेरी आत्मा की वल्लरी सूखती गयी। वह जगह मैंने नहीं रखी थी कि पिता जी एक साल के लिए माफ कर देते। घर छोड़े बग़ौर निस्तार न दिखायी पड़ा। एक दिन माता जी से मैंने कहा–“जगतपुर के ज़मींदारों ने बारात में चलने के लिए बुलाया है, और ऐसा कहा है, जैसे मेरे गये बग़ौर बारात की शोभा न बन पड़ती हो।” ज़मींदारों के आमन्त्रण से माता जी छलक उठीं, पिता जी को पुकारकर कहा–“सुनते हो, तुम्हारे सपूत ज़मींदारों के यहाँ उठने-बैठने लगे हैं, बारात में चलने का न्योता है।” पिता जी प्रसन्नता को दबाकर बोले–“तो चला जाये, जो कहे कपड़े बनवा दो और ख़र्चा दे दो।” एकान्त में पत्नी जी मिलीं, बड़ी तत्परता से बोलीं–“वहाँ नाच देखकर भूल न जाइयेगा।” “राम भजो” मैंने कहा–“क्व सूर्यप्रभवो वंशः क्व चाल्प विषया मतिः।” “मैं इसका मतलब भी समझूँ?” वह एक कदम आगे बढ़कर बोलीं, मन में निश्चय कर कि तुलना में मैंने उन्हें श्रेष्ठ बतलाया है। समझकर मैंने कहा–“कहाँ तुम्हारी बाँस-सी कोमल दुबली देह से सूरज का प्रकाश? कहाँ वह ज़हर की भरी मोती रण्डी!” “चलो” कहकर वह गर्व-गुरु-गमन से काम को चल दीं।

समय पर कपड़े बने और ख़र्चा भी मिला। पश्चात् यथा समय, जगतपुर के ज़मींदारों की बारात के लिए रवाना होकर कुछ दूर से राह काटकर ऐन गाड़ी के वक़्त मैं स्टेशन पहुँचा। वहाँ से ससुराल का टिकट लिया। रास्ते-भर में ख़ासी मुहर्रमी सूरत बना ली। ससुराल वाले देखते ही दंग हो गये। ससुर जी, सासु जी और-और लोग घेरकर कुशल पूछने लगे। मैंने उखड़ी आवाज़ में कहा–“गाँव में एक खेत के मामले में फ़ौजदारी हो गयी है, दुश्मनों के कई घायल हुए हैं, इसलिए पिता जी की गिरफ़्तारी हो गयी है, गिरफ़्तार होते वक़्त उन्होंने कहा है– “अपने ससुर जी से विवाह के करार वाले बाक़ी 300 रुपये लेकर, दूसरे दिन जिले में आकर जमानत से छुड़ा लेना।” ससुर जी सन्न हो गये। सासु जी रोने लगीं, और लोगों को काठ मार गया। ससुर जी के पास रुपये नहीं थे। पर सासु जी घबरायीं कि ऐसे मौके पर मदद न की जायेगी, तो त्रिपाठी जी कैद से छूटकर अपने लड़के की दूसरी शादी कर लेंगे। इस विचार से नथ, करधनी, पाजेब आदि कुछ गहने रेहन कर डेढ़ सौ रु. मुझे देती हुई बोलीं–“बच्चा, इससे ज़्यादा नहीं हो सका; हम तो तुम्हारे सदा के ऋणी हैं; फिर धीरे-धीरे पूरा कर देंगे, त्रिपाठी से हाथ जोड़कर हमारी प्रार्थना है।”

मैंने उन्हें सांत्वना दी कि बाक़ी रुपये लेने मैं उनके घर कभी न आऊँगा। एक विपत्ति की बात थी, वह इतने से टल जायेगी। सासु जी मारे आनन्द के रोने लगीं।

मैंने बड़ी भक्ति से उनके चरण छुए, और यथासमय स्टेशन आकर कलकत्ते का टिकट कटाया।

यहाँ से मेरे नये जीवन की नींव पड़ी। अख़बारों में देखा, सुकुल प्रथम श्रेणी में पास हुआ है। चार साल बाद वह बी.ए. हुआ, एम.ए. हुआ, मैं मालूम करता रहा, अच्छी जगह पायी, अब परीक्षा समाप्त कर परीक्षक है; मैं ज्यों-का-त्यों एक बार धोखा खाकर बराबर धोखा खाता रहा; एक परीक्षा की तैयारी न करके कभी पास न हो सका। कितनी परीक्षाएँ दीं।

तब से यह आज सुकुल से मेरी मुलाक़ात है। एक बार सारा इतिहास मेरे मस्तिष्क में चक्कर लगा गया। अब वह पिता जी नहीं माता जी नहीं, पत्नी नहीं, केवल मैं हूँ और परीक्षा-भूमि सामने प्रश्नों की अगणित तरंग-माला!

मैं विचार में था। जब आँख खुली, साकार सुघरता मेरे सामने थी, अविचल दृष्टि से मुझे देखती हुई। अंजलि बाँधकर नमस्कार किया, ललित अंग्रेजी से संवर्द्धित करते हुए–“Good morning- poet of Vers Libre!” मैं उठा। नमस्कार कर सुकुल के नज़दीक वाली कुर्सी पर बैठने के लिए बड़े अदब से हाथ बढ़ाकर बताया।

वह खड़ी थीं। लहराती हुई मन्द गति से चलीं। बैठकर मुझे देखकर मुस्कराती हुई बोलीं–“आप ख़ूब लिखते हैं।”

प्यासा मृग-मरीचिका के सरोवर का व्यंग्य नहीं समझता। मुझे यह पहली तारीफ़ मिली थी। इच्छा हुई, जाऊँ महादेव बाबू को भी बुला लाऊँ, कहूँ कि अब अमृत निकलने लगा है, चुल्लू बाँधकर चलिये। लेकिन अभी उतने अमृत से मुझे ही अघाव न हुआ था। बैठा हुआ एकान्त भक्त की दृष्टि से देखता रहा।

रक्त अधरों के करारों से अमृत का निर्झर बहाव, वह बोली–“सुकुल आपकी कविता नहीं समझते, मैं समझाती हूँ।”

सुकुल न रह सके। कहा–“ऐसा समझना वास्तव में कहीं नहीं देखा; असर भी क्या, चाहे कुछ न समझिये, पर सुनने से जी नहीं ऊबता। एम.ए. क्लास तक किसी प्रोफ़ेसर के लेक्चर में यह असर न था।”

“हाँ-हाँ जनाब” देवी जी मेरुमूल सीधा करके बोलीं–“यह एम.ए. क्लास से आगे की पढ़ाई है, जब पास करके आये थे, हाथ-भर की चोटी थी, समझ में एक वैसी ही मेख।”

सुकुल की चोटी मेरी निगाह में सुकुल से अधिक परिचित थी। पर उनके आने पर मैंने उन्हें ही देखा था। चोटी सही-सलामत है या नहीं, मालूम करने के लिए निगाह उठायी कि देवी जी बोलीं—"अब तो चाँद है। सुकुल को सुकुल बनाते, सच कहती हूँ, मुझे बड़ी मेहनत उठानी पड़ी है।"

उन्हें धन्यवाद दूँ, हिम्मत बाँध रहा था कि बोलीं—"मैं स्वयं सुकुल की सहधर्मिणी नहीं।" मेरा रंग उड़ गया।

मुझे देखकर, मेरे ज्ञान पर हँसकर जैसे बोलीं—"सुकुल स्वयं मेरे सहधर्मी हैं।"

मैं साहित्यिका को ताज्जुब की निगाह देखने लगा।

इतने पर उनकी कृपा की दृष्टि मुझ पर पड़ी। बोलीं—"मैं आपको भी सहधर्मी बनाना चाहती हूँ।"

मैं चौंका; सोचा—'क्या यह द्रौपदी वाला धर्म है?'

देवी जी ने कलाई वाली घड़ी देखी और उठकर खड़ी हो गयीं। भौंहें चढ़ाकर बोलीं—"बहुत देर हो गयी, चलिये, आपको लेने आयी थी, टैक्सी खड़ी है।" फिर बढ़कर, मेरे कन्धे पर हाथ रखकर बड़े ही मधुर स्वर से पूछा—"आप मुर्गी तो खाते हैं?"

मैंने सुकुल को देखा। सुकुल सिर्फ़ मुस्कराये। समझकर मैंने कहा—"मेरा तो बहुत पहले से सिद्धान्त है।"

वह चलीं। मैं भी उसी तरह चादर ओढ़े सुकुल के पीछे चला।

रास्ते-भर तरह-तरह के विचार लड़ते रहे। समाज में इतनी आज़ादी नहीं। स्त्री के लिए तो बिलकुल नहीं। मुर्गी किसी तरह नहीं चल सकती। मैं खाता हूँ, छिपा कर। क्या यह स्त्री....पर सुकुल जी तो सुकुल हैं।

सुकुल का घर आ गया। एक छोटा-सा दुमंजिला मकान। इधर-उधर बंगालियों की बस्ती। जगह-जगह कूड़े के ढेर; ऊपर मछलियों के सेल्हर, बदबू आती हुई।

हम लोग उतरे। भीतर पैठते दाहिने हाथ का एक छोटा-सा बैठका। एक डेढ़ साल के बच्चे को दासी खेलाती हुई। श्रीमती जी को देखकर बच्चा माँ-माँ करता हुआ उतावला हो गया; दोनों हाथ फैलाकर माँ के पास आने के लिए कूदकर दासी की गोद में लटक रहा। लेकर देवी जी प्यार करने लगीं। सुकुल ने दासी को मकान खोलने के लिए कुंजी दी।

एक सहृदय बात कहना चाहिए, सोचकर मैंने कहा–"भूखा है, शायद दूध पीना चाहता है।"

देवी जी ने षोडशी के कटाक्ष से देखा। कहा–"दासी पिला देगी।"

मैंने पूछा–"क्या यह आपका बच्चा नहीं है?"

हँसकर बोलीं–"मेरा? है क्यों नहीं? पर दूध मेरे नहीं होता।"

मैंने निश्चय किया, शिक्षित महिला हैं, यौवन है, अभी मातृभाव नहीं आया, इसीलिए दूध नहीं होता। मन में विधाता को धन्यवाद देता रहा। "चलिये" वह बोलीं–"ऊपर चलें, एकान्त में बातें होंगी। सुकुल बाजार जायेंगे मुर्गी लेने।"

बच्चे को फिर दासी के हवाले कर दिया। मैं उनके पीछे चला, यह सोचता हुआ कि एकान्त में सहधर्मी बनाने का प्रस्ताव न हो। चित्त को काबू में न कर सका, वह पुलकित होता रहा। यह कुछ सजा हुआ शयन-कक्ष था। "बैठिये" कहकर वह स्टोव जलाने लगीं। मैं आईने में उनकी पम्प करती तस्वीर देखता रहा।

चाय, पान और सिगरेट मेज़ पर लगाकर बैठीं। प्लेट पकड़कर मेरा प्याला बढ़ाती हुई मधुर कण्ठ से बोलीं–"शौक़ कीजिए।"

विनम्र भाव से मैंने दूसरी ओर वाली बात पकड़ी और आँखों में ही उन्हें धन्यवाद किया। निगाह नीची कर मुस्कराती हुई उन्होंने अपना प्याला होंठों से लगाया। आधी चाय चुक जाने पर पूछा–"आप मेरे सहधर्मी हैं तो?"

पेट में, उतनी ही चाय से समन्दर लहराने लगा। ऊपर तूफ़ान। श्याम तट पर भावों के कितने सजे सुदृढ़ मकान उड़ गये। ऐसी ख़ुशी हुई। कहा–"आप लेकिन सुकुल की..."

"बीवी हैं?–हाँ, हूँ।"

"फिर मैं...?"

"कैसे बीवी बना सकता हूँ?"

ऐसा धर्म-संकट जीवन में कभी नहीं पड़ा। मेरा सारा समन्दर सूख गया, तूफ़ान न जाने कहाँ उड़ गया, सिर्फ़ रेगिस्तान रह गया, जो इस ताप से और तपने लगा।

मुझे चुपचाप बैठा अनमेल दृष्टि से देखता हुआ देखकर वह बोलीं–"आप बुरा न मानें, मैंने देखा है, मर्दों में एक पैदायशी नासमझी है; वह ख़ासतौर से खलती है जब औरतों से वे बातचीत करते हैं।"

मान लेने में ही बचत मालूम दी। मैंने कहा—"जी हाँ, औरतों के सामने उनकी समझ काम नहीं करती।"

"हाँ," वह बोलीं—"सुकुल को आदमी बनाती-बनाती मैं हार गयी। 'बीवी' को ही लीजिए। बीवी तो मैं सुकुल की भी हो सकती हूँ; हूँ ही, आपकी भी हो सकती हूँ।"

मैं सूख तो गया, पर प्रसन्नता फिर आयी। मैंने बिना कुछ सोचे एक उद्रेक में कह दिया—"हाँ।"

"आप नहीं समझे" वह बोलीं—"आप साहित्यिक हैं तो क्या, फिर भी सुकुल के दोस्त हैं। बीवी की बहुत व्यापकता है।"

"ज़रूर" मैंने कहा।

उन्होंने कान न दिया। कहती गयीं—

"छोटी-बहन, भतीजी, लड़की, भयहू (छोटे भाई की स्त्री) सबके लिए बीवी शब्द आता है। आपकी 'हाँ' किस अर्थ के लिए है?"

मैंने डूबकर, कुछ कुल्ले पानी पीकर, जैसे थाह पायी। प्रसन्न होने की चेष्टा करते हुए—"बहन के अर्थ में।"

उन्होंने कहा—"देखिए, मर्द की बात एक होती है।"

इज़्ज़त बचाने के लिए और ज़ोर देकर मैंने कहा—"हाँ, मुकर जाऊँ, तो मर्द नहीं।"

लजाकर उन्होंने एक बार अपनी आँख बचायी। सँभलकर बोलीं—"हम बड़ी विपत्ति में हैं। साल-भर से छिपे फिरते हैं। मैं बचने के लिए सुकुल से उनके मित्रों का परिचय पूछती रही। सिर्फ़ आपका परिचय मुझे त्राण देने वाला मालूम दिया। पर पता मालूम न था। साल-भर से लगा रहे हैं।"

मैंने चितवन देखी। आँखें सजल हो आयीं। कहा—"मैं तैयार हूँ।"

वह उठ खड़ी हुई, सामने आ, हाथ पकड़कर कहा—"भाई जी, मेरी रक्षा कीजिए। सुकुल का घर छूटा हुआ है, जिस तरह हो, मुझे अपने कुल में मिलाकर, सुकुल से ब्याह साबित कीजिए।"

उसकी बड़ी-बड़ी आँखें; दो बूँद आँसू कपोलों से बहकर मेरी जाँघ पर टपके। मैं खड़ा हो गया, और अपनी चादर से उसके आँसू पोंछते हुए कहा—"तुम मेरे चाचा

जी की लड़की, मेरी छोटी बहन हुई। मेरे चाचा सस्त्रीक बंगाल में आकर गुजरे हैं। उनके एक कन्या भी थी, देश से आयी थी।”

आनन्द से भरकर, वह मेरा हाथ लेकर खेलने लगी। इसी समय सुकुल आये। पूछा–“रामकहानी हो गयी?”

मैंने कहा–“अभी नहीं, कहानी से पहले भूमिका समाप्त हुई है।”

“सुकुल” भरकर उसने कहा–“कोलम्बस को किनारा दिखा।”

सुकुल बड़े प्रसन्न पदक्षेप से मेरे पास आये। पूछा–“चाय कुछ बची है?”

“सब की सब” मैंने कहा–“पर ठण्डी हो गयी होगी, गरम करा लो।” बीवी की तरफ़ मुड़कर पूछा–“लेकिन तुम्हारा नाम अभी नहीं मालूम कर पाया।”

“जहाँ से आयी हूँ” उसने कहा–“वहाँ की पुखराज हूँ, यहाँ की पुष्करकुमारी।”

“कुँवर” मैंने कहा–“जल्दी करो, तुम्हारी मुर्गी स्वादिष्ट-होगी, पर कहानी और स्वाददार हो। दोनों के लिए उतावली है।”

कुँवर चाय बनाने लगी। पम्प करते समय सिर की साड़ी सरक गयी। फिर नहीं सँभाला। सुकुल की आँखें लोभी भौंरे की तरह उसके मुँह से लगी रहीं।

मैंने वहीं स्नान किया। सुकुल की धोती पहनी! भोजन किया–बिलकुल मुसलमानी खाना। वैसी ही चपातियाँ, वैसा ही कोरमा। वही चटनी, वही मुरब्बा, वही मिठाई। खाते हुए पूछा–“कुँवर, हिन्दू भोजन भी पका लेती हो या नहीं?” उसने ‘हाँ’ कहकर सुकुल की तरफ़ इशारा किया कि इनसे सीखा है।

“किताब छोड़कर खाना पकाते बड़ी परेशानी होती होगी तुम्हें।” मैंने कहा।

“सुकुल के लिए मैं सबकुछ सह सकती हूँ।” उसने जवाब दिया।

भोजन समाप्त हुआ। हम लोग उसी कमरे में गये। सुकुल बच्चे को लिये हुए।

पान खाते-खाते मैंने कहा–“अब देर न करो कुँवर।”

कुँवर एक बार नीचे गयी। दासी से कुछ कहकर दुमंजिले का दरवाज़ा बन्द कर आयी, और अपनी कुर्सी पर बैठी।

मैंने कहा–“अब शुभस्य शीघ्रम् होना चाहिए।”

कुँवर बोली–“मेरी माँ हिन्दू हैं। लखनऊ के वाजपेयी खाने वाले घर की। मैं उन्हीं से हूँ।”

"तब तो तुम कुलीन हो" मैंने कहा–"तुम्हारे पिता का नाम?"

"उसका नाम कौन ले" कुँवर बोली–"आपके चाचा जी मेरे पिता हैं।"

कुँवर भर गयी। रुककर सँभलने लगी। बोली–"वाजपेयीजी को एक ब्याह से सन्तोष नहीं हुआ। दूसरी शादी की। तब मैं पेट में थी। बेहटा मेरा ननिहाल है। सिर्फ़ नानी थीं। ईश्वर की इच्छा, उनका देहान्त हो गया तब मेरी माँ ने ससुर को कई चिट्ठियाँ लिखवायीं; पर उन्होंने ख़बर न ली। घर में किसी तरह गुजर न हुई, तब, लोटा-थाली बेचकर, उस ख़र्च से माँ लखनऊ गयीं। घर में पैर रखते, ससुर और पति ने तेवर बदले। पति ने कहा, इसके हमल है, हमारा नहीं। ससुर ने कहा, बदचलन है, धर्म बिगाड़ने आयी है, भली होती, तो चली न आती–वहीं के लोग परवरिश करते। पड़ोसियों की भी राय थी। सौत ने धरती उठा ली। एक रात को पति ने बाँह पकड़कर निकाल दिया। माँ रास्ते पर मारी-मारी फिरीं। सुबह जिस आदमी ने उनके आँसू देखे, वह मुसलमान था। उस वक़्त माँ के दिल में हिन्दु धर्म और भगवान के लिए कितनी जगह थी, आप सोच सकते हैं। निस्सहाय, अन्त:सत्त्वा, अबला केवल आश्रय चाहती थी, सहानुभूतिपूर्ण मनुष्यतायुक्त; वह एक मुसलमान से प्राप्त हुआ। मुसलमान की बातों में विधर्मीपन न था। एक स्त्री के प्रति पुरुष का जैसा चाहिए, वैसा आश्वासन, विश्वास और पौरुष था। माँ आकृष्ट हुई। वह माँ को ले चला। आगे वह, पीछे माँ। माँ फूल के कड़े-छड़े-धोती पहने हुए, मुसलमान के पीछे चलती साफ़ हिन्दू-महिला मालूम दे रही थीं। ऐसे वक़्त एक आर्यसमाजी की निगाह पड़ी। उसने पीछा किया। मुसलमान बढ़ता हुआ घर पहुँचा। पर उसे हिन्दू का पीछा करना मालूम हो गया था, इसलिए डरा। घर देखकर वह आर्यसमाजी पुलिस को ख़बर देने गया। इधर मुसलमान ने भी पेशबन्दी शुरू की। एक-दूसरे मुसलमान दोस्त के ताँगे में परदा लगाकर माँ को दूसरे मुसलमान के घर कर आया। पुलिस की तहक़ीक़ात जारी हुई, साथ-साथ माँ का एक मुसलमान के घर से दूसरे मुसलमान के घर होना। अन्त में वह एक ऐसे घर पहुँचीं जो एक इन्सपेक्टर, पुलिस, का था। इन्सपेक्टर साहब छुट्टी लेकर उस वक़्त रह रहे थे। नौकरी पर चलते समय वह माँ को भी साथ लेते गये। अकेले थे। माँ सुन्दरी थी।"

इच्छा हुई इन्सपेक्टर साहब का नाम पूछूँ, पर सोचा, वाजपेयी जी के नाम के साथ बाद को मालूम कर लूँगा।

कुँवर कहती गयी–"इस तरह इन्सपेक्टर साहब ने एक अबला की रक्षा की। मैं पैदा हुई। मेरे कई भाई-बहिन और हुए। मैं उर्दू पढ़ती थी; मुसलमान पिता जी का

लखनऊ तबादला होने पर, अंग्रेजी पढ़ने लगी। नाइन्थ क्लास में थी, माँ से पिता जी की बातचीत हुई, मेरी शादी के बारे में। मैं कमरे के बाहर खड़ी थी। उन्हें मालूम न था। उस रोज़ मुझे कुछ आभास मिला। पहले माँ को नाराज़ होने पर जिन शब्दों में अभिहित करते थे, उनकी सच्चाई समझी। मेरी आँख खुली। बड़ी लज्जा लगी, हिन्दू-मुसलमान इन दोनों शब्दों पर किसी की तरफ़दारी के लिए। एक रोज़ माँ को रोकर मैंने पकड़ा। जो कुछ सुना और समझा था, कहा, और बाक़ी ब्योरा समझाने के लिए विनय की। एकान्त में माँ ने अपना सारा हाल सुनाया और ईश्वर का स्मरण कर, उनकी इच्छा कहकर ख़ामोश हो गयीं। मुझे जातीय गर्व से घृणा हो गयी। मैंने कहा–मैं शादी नहीं करूँगी; जी-भर पढ़ना चाहती हूँ। बस, यहीं से मेरे विचार बदले। मैट्रिक्युलेशन पढ़कर मैं आई.टी. कॉलेज गयी, और दूसरे विषयों के साथ हिन्दी ली। एफ.ए. पास हो बी.ए. में गयी। आख़िरी साल सुकुल को देखा।"

"सुकुल को देखा" कहने के साथ कुँवर का जैसे स्नेह का स्रोत फूट पड़ा। कुछ रस-पान कर मैंने कहा–"कुँवर, यहाँ अच्छी तरह वर्णन करो; हिन्दी के कहानी लेखक और पाठक बहुत प्यासे हैं।"

कुँवर जमकर सीधी हुई। बोली–"सुकुल तब क्रिश्चियन कॉलेज में प्रोफ़ेसर थे। प्रिंसिपल को आश्वासन दिया था कि ईसाई-धर्म को वह संसार में सर्वश्रेष्ठ धर्म मानते हैं, लेकिन बूढ़े पिता जी का लिहाज़ है, और वह दो-चार साल में चलते हैं, बाद को सुकुल क्रिश्चियन के अलावा दूसरा अस्तित्व नहीं रखते। कुछ निबन्ध भी प्रमाण के तौर पर लिखे। दूरदर्शी प्रिंसिपल ने तब सिफ़ारिश की, और इन्हें जगह मिली। मेरे मकान के सामने ठहरे थे। बड़ी सँभाल से हैट लगाते थे कि चोटी कहीं से न दिखायी पड़े, पगड़ी के भीतर विभीषण के तिलक की तरह। कभी मिसेज सुकुल आती थीं, कभी अकेले ठोंकते खाते थे। मुझे इतना जानते थे कि इस मकान से कोई कॉलेज जाती है। एक दिन की बात, मैं छत पर थी। शाम हो रही थी। सुकुल बरामदे में बैठे थे। मौसम बरसात का। बादल मदन की वैजयन्ती बने हुए। ठण्डी हवा चल रही थी। पेड़-पौधे लोट-पोट। क्या कहूँ, मैं भी ऐसी हवा से लहरायी। बहुत पहले, कुछ ईंटें बाहर देखने के लिए जमाकर रखी थीं। उन पर खड़ी हो गयी। अवरोध के पार सिर उठाकर देखा। सुकुल बैठे थे। कई बार पहले भी देख चुकी थी। सुकुल ने न देखा था। अब के निगाह एक हो ही गयी।

सुकुल की जनरल की मूछें–बाघ का मुँह–कालिदास की आँखें!–माफ कीजियेगा, मैं बकरे को कालिदास कहती हूँ। टकटकी बँध गयी। मुझे किसी ने जैसे गुदगुदा

दिया। इतनी बिजली भर गयी कि मैंने फ़ौरन सुकुल को फ़ौजी सलामी दी। होश में आ, लजाकर बैठ गयी। फिर कई दिन आँखें नहीं मिलायीं, छिप-छिपकर देखती रही। सुकुल दूसरों की नज़र बचाते कितने बेचैन थे! मुझे लुत्फ आने लगा, शिकार की तड़फड़ाहट से शिकारी को जो ख़ुशी होती है। बरामदे में सुबह-शाम बैठना सुकुल का काम हो गया। कहीं न जाते थे। इधर-उधर देखकर निगाह उसी जगह जमा देते थे। जगह ख़ाली देखकर आह भरते थे। मैं दीवार के छेद से देखती थी। एक रोज़ फिर उसी तरह दर्शन देने की इच्छा हुई। ईंटें बिखेर देती थी। इकट्‌टी कीं, खड़ी हुई। सूरज मुँह के सामने था। सुकुल ने देखते ही हाथ जोड़कर प्रणाम किया। मैं काग़ज़ का एक टुकड़ा ले गयी थी। उसकी गोली बनाकर उसे नीचे डाल दिया। उस पर सुकुल की जैसी निगाह थी, वैसी नादिरशाह की कोहनूर पर न रही होगी, न अंग्रेजों की अवध पर।"

मारे आकर्षण के मुझसे न रहा गया। पूछा–"क्या लिखा था?"

"कुछ नहीं," कुँवर बोली–"वह कोहनूर की ही तरह सफ़ेद था। सुकुल ने उसे उठाकर बड़े चाव से खोला। और, यद्यपि उसमें कुछ न लिखा था, फिर भी, कुछ लिखा होता, तो सुकुल को इतनी सरसता न मिली होती। उस शून्य पृष्ठ पर विश्व की समस्त प्रेमिकाओं की कविता लिखी थी। सुकुल उसे लेकर बरामदे में आये, और मुझे दिखाकर हृदय से लगा लिया। मैं मुस्करा कर विदा हुई। इस ख़ाली के बाद भरी दाग़ने लगी। रोज़ एक गोली चलाती थी, बिहारी, देव, पद्माकर, मतिराम आदि के दोहे और कवित्त लिख-लिखकर। अन्त में सुकुल का किला तोड़ लिया। एक दिन एक गोली में दाग़कर कि मैं तुम्हारे घर आऊँगी, रातभर दरवाजा खुला रखना, गयी और अपने किले पर अधिकार कर समझा दिया कि इम्तहान के बाद स्थायी रूप से यहाँ आकर निवास करूँगी। सुकुल अपनी भूलों का बयान करते रहे–कब क्या करते क्या हो गया। पर मैंने कोई भूल की ही नहीं थी। मिसेज सुकुल से शादी करके सुकुल के पिता जी ने और सुकुल ने, मुमकिन है, भूल की हो। मैंने यह ज़रूर सोचा कि मेरे कारण सुकुल की मुसीबतें बढ़ सकती हैं, पर साथ ही यह ख़याल आया कि कोई पहलू उठाइये, सामने मुसीबत है–अब कदम पीछे नहीं पड़ सकता। जहाँ सुकुल हर चाल पर चूकते थे, वहाँ मैंने पहले ही मात दी इम्तहान में बैठी, और सुकुल के घर आकर मालूम किया, पास हुई, और रायबहादुर बन्नूलाल-हिन्दी-मेडल पाया। और फिर डिगरी लेने नहीं गयीं। इम्तहान के बाद जब एक रात को हमेशा के लिए सुकुल के घर आकर बैठी, बड़ा तहलका मचा, कुछ

ढूँढ़-तलाश के बाद जब मैं नहीं मिली। निश्चय हुआ कि मेरी मर्जी से किसी ने मुझे भगाया। सुकुल पर शक हुआ। थाने में रिपोर्ट हुई। सुकुल मुझे कहाँ रखें—घबराये। दीवार से बनी एक आलमारी थी। आलमारी के नीचे एक तहख़ाना छोटा-सा था। मैं अब जैसी हूँ, तब इससे और दुबली थी—जगन्नाथजी में, कुछ महीने हुए, कलियुग की मूर्ति देखी, कन्धे पर बीवी को बैठाये मियाँ लड़के की उँगली पकड़े बाप को धुतकार रहे हैं, मेरी इच्छा हुई, सुकुल कलियुग बनें। सुकुल को कई दफ़े कलियुग बना चुकी हूँ। धुतकारने के लिए, कहती थी सामने समझो हिन्दूपनरूपी तुम्हारा बाप है। सुकुल धुतकारते थे। गरज यह कि उस तहख़ाने में मैं आसानी से आ सकती थी। सुकुल से मैंने कहा—"ऊपर कुछ कपड़े डाल दो, साँस लेने की जगह मैं कर लूँगी।" आलमारी के ऊपर वाले ताकों में चीज़ें पहले से रखी थीं। बाहर से आलमारी बन्द कराके ताला लगवा देती थी। इस तरह दो-दो, तीन-तीन, चार-चार घंटे दम साधने लगी। जब सुकुल कॉलेज जाते थे, तब बाहर से ताला बन्दकर लेते थे। जब लौटते थे, तब बाहर दरवाज़ा बन्द कर लेते थे। कोई पुकारता था, तो मैं तहख़ाने में जाती थी, आलमारी का ताला बन्द करके सुकुल बाहर निकलते थे। तीसरे दिन सही-सही पुलिस आ गयी। सुकुल उसी तरह बाहर निकले। प्रभातकाल था, बल्कि उषाकाल। दारोगा मुसलमान। डटकर तलाशी लेने लगा। आलमारी के पास आकर खड़ा हुआ। मैं समझ गयी, यह साँस की आहट ले रहा है। मैं मुँह से साँस लेने लगी। फिर आलमारी नहीं खोलवायी, दराज से देख-दाखकर चला गया। सुकुल उसे विदा कर उसी तरह भीतर आये। मुझे निकाला, मैं खिलखिलाकर हँसी। फिर सुकुल से जल्द मकान बदलने के लिए कहा। तलाशी की ख़बर चारों तरफ़ फैली। सुकुल के गाँव भी पहुँची। सुकुल ने भी अब तक तलाशी का हाल लिखा, पैर मकान बदलकर। यह मकान बड़ा था। बग़ल-बग़ल दो आँगन थे। मेरा ख़याल रखकर लिया गया था। चिट्ठी पा सुकुल के भाई मिसेज सुकुल को लेकर आये। हम पहले से सतर्क थे। बड़े मकान में सुकुल रहने लगे। मैं अपना गुप्त जीवन व्यतीत करती रही। मुझे कोई कष्ट न था; पर सुकुल की ड्यूटी बढ़ गयी। सौभाग्य कहूँ या दुर्भाग्य, 3-4 महीने रहकर मिसेज सुकुल बीमार पड़ीं, और 7-8 दिन के बुख़ार में उनका इन्तकाल हो गया। सुकुल के भाई चले गये थे। इन्होंने फिर किसी को नहीं बुलाया। किसी तरह मित्रों की मदद से उनका अन्तिम संस्कार कर दिया। सुकुल से पूछकर मैं तुम्हारा हाल मालूम कर चुकी थी; जानती थी, मुझे ही अपनी नाव खेनी है; पर तुम्हारा पता मालूम न कर सकी, इतनी ही चिन्ता रह-रहकर होती थी। मिसेज सुकुल के रहते मैंने मिस्टर सुकुल को तुम्हारे गाँव भेजा था। तुम्हीं जैसे मेरे सहारा हो सकते

थे। मिसेज सुकुल के रहने पर मुझे कोई अड़चन न थी, न अब, न रहने पर, कोई सुविधा है। यह बच्चा मिसेज सुकुल का है। बड़ी कठिनाइयों से तुम्हारा पता लगा था। मिसेज सुकुल के गुजरने पर हम लोगों को विवश होकर लापता होना पड़ा। पास इतना धन था कि साल-डेढ़ साल का ख़र्च चल जाये। इतने दिनों बाद हमारी साधना सफल हुई। मैंने कुँवर को धन्यवाद दिया। कलकत्ते में ही उसका ब्याह कर दूँगा, यह आश्वासन देकर उससे विदा ली।

सेठ जी बैठे थे। एकान्त में ले जाकर यह हाल उनसे कहा। वह सहमत हो गये। कहा—"मगर मुंशी जी से न कहियेगा, उनके पेट में बात नहीं रहती।"

शुभ मुहूर्त में विवाह की तैयारियाँ होने लगीं। एक दिन आमन्त्रित हिन्दी-भाषी विभिन्न प्रान्तों के साहित्यिकों की उपस्थिति में सुकुल के साथ श्रीपुष्करकुमारी का ब्याह कर दिया।

प्रीति-भोज में अनेक कनवजिए सम्मिलित थे। देश में यह शुभ सन्देश सुकुल के पहुँचने से पहले पहुँचा। कुँवर अब भी है।

क्या देखा

प्रेस की बग़ल में थाना है, जहाँ शान्ति के ठेकेदार रहते हैं। हिन्दू-मुसलमानों की एकता के दृश्य कोई आँखें खोलकर देखना चाहे तो जब चाहे, हमारे पच्छिम वाले झरोखे से झाँककर देख ले। यह अनन्य प्रेम हम सुबह-शाम हमेशा देखा करते हैं। तारीफ़ तो यह कि वह प्रेम केवल मनुष्यों में नहीं, यहाँ के पशु-पक्षियों में भी है। हिन्दुओं के पालतू कुत्ते और मुसलमानों की मुर्गियाँ भी प्रेम करती हैं। उनका द्वेषभाव बिलकुल दूर हो गया है। वहीं पीपल के पेड़ के नीचे एक छोटे-से चबूतरे पर भगवान भूतनाथ जी स्थापित हैं। चार चावल चढ़ाकर चक्रवर्ती बनने के अभिलाषी शिवजी के अनन्य भक्त हिन्दुओं में से हर एक चार-चार चवालिस तो ज़रूर चढ़ाता है, और श्रद्धेय शिवजी को अपने पंजों में फाँसकर—जैसे नीचेवाले पर ऊपरवाला साथ हफ़्ते के सवारी कसता है, बैसे ही मुर्गियाँ शिव जी पर चढ़ाये चावल चुगा करती हैं और मारे आनन्द के सिर उठाकर 'कुकड़ूँ कूँ' की हर्षध्वनि से हिन्दुओं को चक्रवर्ती (चक्की में पिसने वाला) बना देने के लिए ख़ुदा से दुआ माँगती हैं।

मुझे रात को नींद नहीं आयी। सुबह को बिस्तर पर से उठकर चारपाई की बग़ल में मेज़ के सहारे बैठा हुआ आपबीती नयी घटना पर बड़े ग़ौर से विचार कर रहा था। वह घटना बड़ी लम्बी-चौड़ी थी, और श्रृंगार से वीभत्स तक प्राय: सभी रस उसमें आ गये थे। सोचने लगा—

"उसका प्रेम सच्चा है या झूठा? उसने कहीं प्रेम की नक़्ल तो नहीं की? परन्तु क्यों फिर उसने अपने पीछे मर मिटने वाले, पसीने की जगह ख़ून की नदियाँ बहाने वाले बड़े-बड़े करोड़पतियों को उस दिन टके-सा जवाब दे दिया? वे बेचारे अपना-सा मुँह लेकर लौट गये। अगर वह वेश्या है तो वह उसी की क्यों न हुई जिसके पास धन है? परन्तु-यह किसी दुश्मन की कारस्तानी भी हो सकती है

कि मुझे फँसाने के लिए उसने सधकर यह जाल रचा हो? लेकिन उसकी भरी हुई आवाज़ में बनावट नहीं थी—त्रियाचरित्र का स्वर नहीं बज रहा था। कुछ हो, मैंने जिस शान पर स्त्री का मुँह देखने से इनकार कर दिया। उसे अन्त तक ज़रूर निभाऊँगा। बुरा हो इस साहित्य-सौन्दर्य का, जिसके फेर में पड़कर कवि सुन्दरलाल जी के साथ मुझे वेश्यालय जाना पड़ा और सौन्दर्योपासना की प्रथम पूजा मैंने एक वेश्या के चरणों पर अर्पित की!"

इतने में 'कुकडूँ कूँ' के कर्कश नाद ने कान ऐंठ-से दिये। चौंक पड़ा, विचार का सिलसिला टूट गया।

दस बजते-बजते सुन्दरलाल जी की भेजी हुई एक चिट्ठी मिली। चिट्ठी उनका नौकर मेज़ पर रख गया था। मालूम हुआ कि चिट्ठी मेरी नहीं उनकी है; कारण से मेरे पास भेजी गयी है। पत्र की इबारत इस तरह है—

13, न्यू स्ट्रीट, कलकत्ता

3. 9. 23

प्रिय सुन्दर जी,

आज शाम को आप अपने मित्र को लेकर ज़रूर आइये; आपके मित्र वही जो उस दिन, बुध को आये थे। ज्यादा और क्या लिखूँ।

आपकी

हीरा

बस इतने ही से, पत्र के बाहरी समाचार के सिवा उसका अन्दरूनी मतलब समझ में नहीं आया। सिर पर सन्देह का भूत सवार था ही, लगा विचार की सीधी-टेढ़ी गलियाँ झाँकने। मैंने लाख प्रयत्न किये पर इस बागी से मेरी एक न चली; और चलती भी कैसे? सवार तो वही था न? मैं तो उस वक़्त किराये का टट्टू ही बन रहा था। अगर सौन्दर्योपासना की शरण लेता और उस देवी की भेंट-घड़ीभर का मुजरा सुनना कबूल करता तो पहरों की उधेड़-बुन में पड़ा अब तक हैरान न होता; पर इज़्ज़त का ख़याल अंगद की तरह पैर जमाये रास्ता रोके हुए था। हठी मन बार-बार कह उठता था—'असम्भव क्यों है? सौन्दर्योपासना और ब्रह्मचर्य-पालन दोनों एक साथ क्यों नहीं निभ सकते?' विरोधाभास कहता था—'तो फिर चलो, सुनो मुजरा, डरते क्यों हो? —अनबूड़े बूड़े तिरे जे बूड़े सब अंग।' दुश्मनों की शिकायत

का ख़याल और महिलाओं की मर्यादा रखने की आदत, पीछे हटाते थे तो साहित्य, संगीत, कला-कौशल, रूप-लावण्य अंगों की चारुता और मनोभावों की विशदता, सौन्दर्य का सारा परिवार लालच में फँसाकर लगाम ढीली कर देता था और बढ़ने का इशारा करता था। इस मौके पर रामायण की अच्छी-अच्छी जितनी चौपाइयाँ याद थीं, घोख डालीं, पर असर उनका कुछ न हुआ। संस्कार महाराज मन के चरखे पर सूत-जैसा कात रहे थे, गुनगुनाहट की तरफ़ ध्यान नहीं दिया। अन्त को यही सूझा कि चलकर सुन्दरलाल जी का सहारा माँगूँ, हाथ लगा देंगे बेड़ा पार हो जायेगा, नहीं तो डोंगी करवट है ही।

नंगे सिर क्वार की कड़ी धूप बरदाश्त करते हुए किसी तरह मैंने मील-भर रास्ता तय कर डाला। सुन्दरलाल जी पुस्तकालय में बैठे हुए कुछ लिख रहे थे। मुझे देखते ही कलम रख दिया और मुस्कराते हुए कहा–"इतनी जल्दबाज़ी? अभी तो पूरे छह घंटे और इन्तज़ार करना है।"

"बात क्या है सुन्दरलाल जी, मेरी कुछ समझ में नहीं आता।" मैं एक साँस में कह गया–"इससे मेरी ऐसी कोई जान-पहचान नहीं, क्यों वह इतना मेरे पीछे पड़ रही है, मुझे बचाइये।"

"अजी, वह बाघ है जो खा जायेगी? बुलाया है, तो ज़रा देर मुजरा सुन लो। इससे चरित्र में धब्बा न लग जायेगा। यहाँ सभी ऐसा करते हैं और साहित्य-सेवा के लिए यह आवश्यक विषय है।"

"नहीं, आप मुझे उसके पंजे से बचाइये।"

"ढोंग न करो। न जाओ, बस! यों कालिदास से लेकर अब तक जितने अच्छे कवि हुए सबके लिए, कहते हैं जब साहित्य की बीमारी बढ़ी दवा एक यही रही, जिससे कुछ फ़ायदा पहुँचा। कल के छोकरे हो, साहित्य का परिणाम बाद को समझोगे।"

कुछ उत्तर देना घाव को ताज़ा करना था। मैं लौट गया।

ठीक समय पर सुन्दरलाल हीरा के मकान पहुँच गये। बैठक में कई कुर्सियाँ रखी थीं, एक पर बैठ गये। बाँदी हीरा को ख़बर देने के लिए लचकती हुई दूसरे कमरे में गयी। दीवार पर कई चित्र टँगे थे, प्राय: सभी हीरा के नाचते-गाते समय के। एक चित्र मर्दाने वेश का भी। सुन्दरलाल नज़र गड़ाये हुए उसे देखते और अपने नोट-बुक में कुछ नोट करते रहे। जान पड़ा, कविता के लिए सामग्री संग्रह कर रहे हैं।

बाँदी से आवश्यक बातें पूछकर हीरा बाहर बैठक में आयी। सुन्दरलाल का आग्रह आँखों के रास्ते निकलकर हीरा के मुँह पर छा गया। लेकिन उसके वैमनस्य से टकराकर अलग हो गया। सुन्दरलाल के मन की कमनीय कल्पनाएँ अपनी-अपनी बारी से हीरा के स्वागत के लिए गयीं, परन्तु जेठ के आगे अचानक पड़ी हुई बहू की भाँति लाज के मारे घूँघट में मुँह मूँदकर चली आयीं। सुन्दरलाल पतिंगे की तरह उस आग में जलना चाहते थे, पर शीशा लगा था, घुस न सकते थे।

हीरा तीन मिनट तक चुपचाप खड़ी रही, जैसे उनके वार झेलने के लिए पहले से तैयार होकर गयी थी। समुद्र को इतना शान्त देखकर मल्लाह समझ गये कि जल्द तूफ़ान उठने वाला है। मेघों का गरजना बन्द हुआ, हवा धीमी पड़ी, सटे बादलों में पहले आसमान देखने का ज़रा-सा छेद नहीं रहा; लोग समझ गये, वर्षा ज़ोरों की होगी।

“सुन्दरलाल जी” इतना कहकर हीरा सँभल गयी। भीतर का भाव शब्दों से बाहर हुआ चाहता था। उसे भाव पर अधिकार रखने की आदत थी। कितने मूर्खों को सहाने के नाम से सोहनी सुनायी और इनाम लिया। सहज स्वर से पूछा–“आपके मित्र नहीं आये?” आग्रह प्रकट हुआ, न लापरवाही। उसने सुन्दरलाल को जाँच करने का मौका भी नहीं दिया, झट पानदान से पान निकालकर पहले की तरह बनावटी भाव दिखलाते हुए, उनकी तरफ़ हाथ बढ़ाया। पान लेकर सुन्दरलाल अपने श्रेष्ठताभिमान में फूलकर बोले–“कहते थे ‘हम बदनामी से डरते हैं।’ हम ऐसे मनुष्य को मनुष्य नहीं समझते–मामूली पढ़ा आदमी!”

हीरा की दृष्टि का सुन्दरलाल के अंगों में कड़ा पहरा था, जैसे झूठ में सच की तलाश करना चाहती थी। उसने ‘बदनामी’ को ध्यान से सुना। फिर अनमनी हो गयी, थोड़ी देर के लिए।

सुन्दरलाल–“गाना कबसे होगा? अभी तो साजिन्दे भी नहीं आये।”

हीरा–“शायद आज गाना न होगा। साजिन्दे पुखराज के घर गये हैं। मेरी तबीयत अच्छी नहीं। आपके मित्र ऐसे हैं, मैं जानती तो हरगिज उन्हें न बुलाती। उस दिन कहीं से भटककर आ गये थे, जान पड़ता है। कहाँ रहते हैं?”

सुन्दरलाल–“यहीं कलकत्ते में।”

हीरा–“तो वहीं रहते होंगे जहाँ कूड़ा फेंका जाता है।” कहकर हीरा मुस्करायी।

सुन्दरलाल–"नहीं, रहते तो बड़ी अच्छी जगह हैं, 3 ग्रे स्ट्रीट में। उनका स्वभाव ही ऐसा है।"

हीरा–"कह तो नहीं सकती, पर मेरी तबीयत आज अच्छी नहीं; लेटी थी, आपके आने से उठकर चली आयी।"

सुन्दरलाल–"अच्छा-अच्छा, आप आराम कीजिए।"

सुन्दरलाल को विदा करने में हीरा की तरफ़ से कोई त्रुटि नहीं हो पायी। जब तक वे आँख की ओट नहीं हो गये, हीरा खिड़की के पास खड़ी रही। उनके चले जाने पर, 3 ग्रेट स्ट्रीट लिख दिया।

एक अरसा गुजरा। सुन्दरलाल के मित्र बीमार पड़े थे। दो दिन से अच्छे हैं। पलंग पर बैठे विचार में गोते लगा रहे हैं–

'बीमारी के वक़्त बुलाने पर भी सुन्दरलाल नहीं आये। नौकर जाता था तो बहाना बनाकर टाल देते थे। अगर नाराज़ हों तो वजह नहीं समझ में आती। टेढ़े पड़ने का कोई और कारण हो तो अच्छा हो लूँ, फिर पूछ लूँगा। अभिन्न-हृदय मित्र, दु:ख के दिनों में मुँह फेर लें, चिन्ता की बात है। परन्तु मेरी बीमारी के समय से रोज़ शाम को जो नौजवान सिक्ख अमर सिंह आता है, इरादे का पक्का और सच्चा मित्र जान पड़ता है। शाम को रोज़ डॉक्टर बुला लाता था, नुस्खा लेकर बाज़ार से दवा ले आता था, ठीक समय पर पिलाने के लिए नौकर को कितना समझाता था और बातचीत से मेरा दिल बहलाये रहता था–कितनी ख़बरें सुनाता था। जान पड़ता है संवाद-पत्र बहुत पढ़ता है। शाम हो गयी, आता होगा।'

मालिक की गम्भीर मुद्रा देखकर भजना को ख़बर देने की हिम्मत नहीं पड़ती थी। एक कदम बढ़ता था तो दस कदम बढ़ जाने के समय तक उसी जगह खड़ा मालिक का मुँह ताकता रहता था। दिल मज़बूत करके कुछ बढ़ता था तो फिर ठिठककर ठहर जाता था। बाहर अमर सिंह आज्ञा की इतनी प्रतीक्षा नहीं कर सके। बारीक आवाज़ से जवाँमर्दी का नारा बुलन्द करते हुए बोले–"क्यों भजना, बाबू जी सोते हैं क्या? सोते हों तो खींच ले पकड़कर चद्दर। अभी आज पथ्य दिया गया और ज़रा देर नहीं बैठे कि हाजमा न बिगड़े, लेट गये।"

इस आवाज़ ने चिन्ता के द्वार की जंजीर इस ज़ोर से खटखटायी कि चिन्ता देवी को कान के सूराख से बाहर निकलना पड़ा। चौंककर मालिक ने भजना की गजेन्द्रगति देखी, बिना पूछे नहीं रहा गया–"क्यों रे, पैर रखता है या ज़मीन नापता

है, यह अगवानी की चाल कब से सीखी?" भजना के मन में आया कहे–'जब से आपको खयाली पुलाव पकाने का शौक़ हुआ' लेकिन सभ्य-समाज के शिष्टाचार-पालन का उसे कुछ अभ्यास पड़ गया था, इसलिए उजड्डू आज़ादी के अल्फ़ाज़ थूक के घूँट के साथ उसे गले के नीचे उतारने पड़े।

उसने कहा–"अमर सिंह जी देर से खड़े हैं।"

"देर से? उन्हें अब रोकना नहीं।"

अमर सिंह सिक्ख तो हैं, पर कद के उतने लम्बे नहीं। इन्हें हिन्दुस्तान के दूसरे लोग तो नहीं, पर सिक्ख ज़रूर बौना कहेंगे। इनके कद की लम्बाई बालों ने ले ली है। अगर सिक्ख इनसे बालिस्त-भर ऊँचे निकलेंगे, तो इनके बाल अपनी बिरादरी में सानी नहीं रखते, कम-से-कम पूरे दो हाथ ज्यादा निकलेंगे। बहादुर नौजवान को बालों के बोझ से तकलीफ़ मिलती है या नहीं, इसकी मैंने तहक़ीक़ात नहीं की पर यह ज़रूर है कि बालों पर डटे रेशमी साफे के नीचे चाँद का टुकड़ा, गोरा-गोरा मुखड़ा दबता नज़र आता है। साफा क्या, पूरा थान लपेट लिया है। आते ही उन्होंने पूछा–"क्यों साहब, आप कैसे हैं?"

"अच्छा हूँ; आपको किन शब्दों में धन्यवाद दूँ? ऐसा शब्द नहीं मिलता, जिससे कृतज्ञता प्रकट करूँ; आपने मुझे सदा के लिए मोल ले लिया।"

"रखिए तहकर। चार दिन में भूल जाइयेगा। फिर ऐसे मुँह फेर लीजियेगा जैसे कभी की पहचान न रही हो। सच कहता हूँ, अपनी इतनी उम्र में दुनिया के बहुत रंग देख चुका। आप परमात्मा के कृतज्ञ होइये, जिनकी कृपा से खड़े हुए।"

"परमात्मा के कृतज्ञ सभी हैं–भलाई में भी और बुराई में भी। सच पूछिए तो परमात्मा की दुहाई देना एक चाल हो गयी है, जैसे तकियाकलाम होता है। परमात्मा को किसी ने देखा नहीं, सिर्फ़ सुना है; सुनते-सुनते लोग संस्कार की रस्सी में बँध गये हैं और बात-बात में परमात्मा की रट बाँधते हैं। मैं इसे ऐब समझता हूँ। यों, निर्विकार ईश्वर मानना पड़ता है, पर उसे किसी की बधाई की क्या अपेक्षा और गलतियों की क्या परवाह? जहाँ भले-बुरे का प्रसंग है, वहाँ परमात्मा को घसीटना अन्याय है; भले और बुरे में किसी का हाथ है तो मनुष्य का, निन्दा और प्रशंसा का पात्र मनुष्य ही बनाया जा सकता है।"

"आप बड़े विद्वान जान पड़ते हैं। परमात्मा की बातचीत में दखल देना मेरे लिए मूर्खता का पर्दाफाश करना है; पर इसमें सन्देह नहीं कि आदमी आज जो कुछ

कहता है, कल उससे बदल जाता है। क्या इस विषय को लेकर आपके दर्शनकारों ने बाल की खाल नहीं निकाली? लेकिन रहने दीजिए आप बोलने लगते हैं, तो घंटों दम नहीं लेते। अभी आप कमज़ोर हैं, दिमाग़ में गर्मी छा जायेगी। हाँ, उस दिन आपने क्या नाम बतलाया था?—भूल गया।"

"एक नाम भी आप बार-बार भूल जाते हैं।"

"नाम है या संस्कृत शब्दों की पंचलड़ी! इसलिए मैं अपने दिये नाम से आपको पुकारा करता हूँ!"

"आपका पंचलड़ी शब्द भी अच्छा रहा! ज़रा कुछ जनानापन आ गया है!"

"आप में मर्दानापन भी है? जनानापन की गवाही तो आपकी शक्ल देती है। आपके नाम में जितना मर्दानापन है या कहिए जैसा भारी-भरकम नाम है, वैसा ही जनानापन आपके चेहरे में लोगों को मिलता है।"

"आप नहीं समझे, इसे लावण्य कहते हैं।"

"लेकिन इसकी ज़रूरत तो स्त्रियों को होती है, मर्दों को तो जवाँमर्दी चाहिए।"

"जवाँमर्दी से आपका मतलब कसाइयों की-सी सूरत बना लेने से तो नहीं?" अगर ऐसा है तो आप मतलब नहीं समझे। जिसके मन में जैसी भावनाएँ होती हैं, उसका रूप वैसा ही बन जाता है। अगर मेरे चेहरे पर कठोरता के चिह्न नहीं नज़र आते तो समझना चाहिए, मैं मनुष्यता के बाधक विचार नहीं किया करता, बल्कि ऐसे विचार किया करता हूँ, जिसका प्रकाश मेरे चेहरे पर रहता है।"

"अच्छा, अपना नाम बताने के साथ यह भी बताने की कृपा कीजिए कि वे कैसी कमनीय कल्पनाएँ हैं, जिनकी उधेड़-बुन में आपने अपनी जनानी सूरत बना डाली।"

"मेरे पिता संस्कृत के भारी पण्डित थे। उन्होंने मेरा नाम जानकीबल्लभशरण बिहारी रखा। पर लोग मुझे बिहारी ही कहते हैं।

"आप हैं भी बिहारी।"

"हाँ, मुझे बिहारी होने का गर्व है, जैसे बंगालियों को बंगाली होने का, मद्रासियों को मद्रासी होने का..."

"अर्थात् विशेषता कुछ नहीं रही, जैसे किसी को कुछ होने का।"

"खैर, मैं देखता हूँ हर मनुष्य में बल्कि हर जीव में प्रेम की धारा बहती है।"

"सो तो बहती है। आप देखते हैं, इतनी ज़्यादती है या कहना चाहिए, आप बिहारी हैं इसलिए ख़ासतौर से देखते हैं।"

"गम्भीर विषय में मज़ाक़ अच्छा नहीं। मैं उसी धारा में उसी आनन्द में डूबा रहता हूँ।"

"मुझे विश्वास नहीं। मुझे जान पड़ता है, आप झूठ कह रहे हैं। आप उस सिद्धान्त की बात करते हैं, जिसका प्रमाण आप नहीं दे सके।"

"क्यों, प्रमाण पर ही तो बहस छिड़ी; प्रमाण मुँह है।"

अमर सिंह ने मुस्कराकर आँख फेर ली। कहा–"इसका प्रमाण अपना मुँह नहीं हो सकता, दूसरे का हो सकता है।"

दोनों की मुस्कराती हुई आँखें एक हो गयीं।

अमर सिंह ने कहा–"मैं आपको प्यारेलाल कहा करूँगा। बिहारी कहूँगा तो दूसरे फबतियाँ कसेंगे।"

उसी समय मेज़ पर निगाह गयी। एक नयी पत्रिका दिखी। उठा ली। माधुरी थी। अमर सिंह पन्ने उलटने लगे।

प्यारेलाल ने पूछा–"माधुरी आपके यहाँ नहीं आती?"

"आती है।"

"फिर क्यों पन्ने उलट रहे हैं?"

"एक कविता निकली है, आपको दिखाने के लिए।"

"कौन-सी।"

"यह, यही तो एक कविता इस बार छपी है।"

"हाँ, बड़ी अच्छी है, मैं पढ़ चुका हूँ।" प्यारेलाल ने अमर सिंह की खोली कविता पर निगाह डालते हुए कहा।

"कविता वियोग श्रृंगार पद है।" अमर सिंह ने सीधे तौर से कहा।

"नहीं, मेरा ख़याल है, कवयित्री के हृदय के भाव हैं, तभी इतनी चोट करते हैं।"

"मेरी तो ऐसे रोने-धोने से सहानुभूति नहीं होती।"

"पर चीज़ बहुत बढ़िया बन पड़ी है। भाव बहुत सही उतरा है। शब्द की कहीं कोई फाँस नहीं। मैं एक आलोचना की दृष्टि से कहता हूँ।"

"इस मामले में मेरे आलोचक की दृष्टि आप नहीं समझते।"

"आपको व्यंग्य पसन्द है?"

"पसन्द मुझे अस्ल में सबकुछ है या कुछ नहीं। व्यंग्य पकड़ में आता भी है?"

"क्यों नहीं?"

"मैं तो देखता हूँ, नहीं आता।"

"यानी मैं व्यंग्य नहीं समझता?"

"यानी मुझे साफ़-साफ़ कहना चाहिए कि आप सर्वज्ञ हैं।"

"नहीं सर्वज्ञता की बात नहीं, पर भले-बुरे की पहचान हो जाती है। यह रचना प्रथम श्रेणी की है।"

"अच्छा, पत्रिका मुझे दीजिए, मैं अपने एक प्रोफ़ेसर से पूछूँगा।"

"अभी तो आपने कहा था कि आपके पास पत्रिका आती है!"

"पर मैं साथ तो नहीं ले आया? यहाँ से चलते समय प्रोफ़ेसर साहब से मिलता जाऊँगा।"

"अर्थात् मेरी बात पर आपको विश्वास नहीं? आप क्या मालूम करना चाहते हैं—छन्द, रस, अलंकार, ध्वनि?"

"यानी आप खुद सबकुछ बतलायेंगे, पर पत्रिका नहीं देंगे।"

"अभी मैंने पूरी पढ़ी नहीं।"

"अच्छा, इसकी लेखिका हीरा कौन हैं?"

प्यारेलाल कसमसाये, अमर सिंह निगाह गड़ाये देखते रहे। कुछ देर बाद कहा— "अच्छा, पढ़ लीजिए, फिर ले जाऊँगा।"

प्यारेलाल अनमने थे। अमर सिंह विदा हुए।

कई दिनों से प्यारेलाल अच्छे हैं। शाम को अमर सिंह आते हैं, गपशप करते हैं, चले जाते हैं। प्यारेलाल अमर सिंह की सेवा की जितनी तारीफ़ करते थे, आजकल उनकी भोली सूरत पर उतने ही ललच पड़े हैं। अमर सिंह का चेहरा उनके दिल की तस्वीर से मिलता-जुलता है। पहले वे अमर सिंह की सेवा को जिस पवित्रता से देखते थे, अब चेहरे को उसी पवित्रता के विचार से देखते रहते हैं। उन्हें बड़ी तृप्ति मिलती है, एक प्रकार की शक्ति भी ऊपर को उठी हुई उन्हें ऊँचा उठा देती

है। उन्हें यह मालूम नहीं हुआ कि इस तरह पवित्रता-दर्शन से कामना के चेहरे पर पड़ा नक़ाब उठता गया। वह कामना भयंकर न होकर भी भयंकर थी। उससे ख़तरे में पड़ने की सम्भावना थी। वह जान-बूझकर आसक्ति से मित्रता थी। उससे ब्रह्मचर्य की जड़ भी कटती थी, पर प्यारेलाल यह नहीं समझ सके। वे रूप की लालसा, सौन्दर्य के मोह को साहित्य समझे, जिससे एक दुर्बल हृदय बाहर खिंचा आ रहा था, आँखों की राह से निकलकर एक अतृप्त अभिलाषा बाहर की वस्तु पर सिर पटक रही थी। जब दृष्टि सुन्दर से लिपटती है, तब कुत्सित से हट जाती है उसे अवज्ञा का धक्का मारती हुई। यही भ्रम है। प्यारेलाल यह नहीं समझे। वे अमर सिंह को जितनी देर के लिए पाते थे; उतनी देर तक चाह-भरी दृष्टि से उन्हें देखते रहते थे; कभी आँखों की, कभी होंठों की, हृदय में अमृत घोल देनेवाली बातचीत की, और कभी प्रकृति के कोमल हाथों से सजाये उनके हर अंग से निकलते लावण्य की मन-ही-मन प्रशंसा करते थे।

कल शाम में अमर सिंह नहीं गये। न जाने का कोई कारण नहीं था। मित्रता गहरी थी। प्यारेलाल बैठे इंतजार करते सोचते रहे, कहीं अटक गये होंगे, आते होंगे। पर दस बजे रात तक अमर सिंह नहीं गये। हताश होकर भोजन-पान करके प्यारेलाल लेटे। देर तक नींद नहीं आयी।

सुबह को अख़बार वाला 'दैनिक स्वतन्त्र' दे गया। शुरू वाले पृष्ठ पर बड़े-बड़े अक्षरों में लिखा था–

"ईडन गार्डन में हत्याकाण्ड"
"एक साथ दो ख़ून।"

"मिस्टर हाग के कलेजे में छुरी भोंकी गयी और हीरा के सिर में गोली लगी।" हीरा नाम पढ़ते ही प्यारेलाल चौंक पड़े। बड़ी उत्सुकता मजमून पढ़ने की हुई। पढ़ने लगे। मजमून थोड़ा था। लिखा था, "मिस्टर हाग ब्रौन एण्ड कम्पनी के मैनेजर थे और हीरा 13, न्यू स्ट्रीट कलकत्ता, की प्रसिद्ध बाई। अब तक इतना ही पता चला है। ख़ून क्यों हुआ, पुलिस इसकी तहक़ीक़ात कर रही है। स्त्री-पुरुष के ख़ून में दोनों के चरित्र का अनुमान किया जाता है। अनुमान से बलात्कार की गवाही मिलती है, क्योंकि हीरा के हाथ में छुरी थी। विपत्ति में पड़कर, जान पड़ता है उसने छुरी चलायी। घायल होने पर, मरने से पहले, साहब ने फायर किया। तमंचा सात गोलियों का है। एक गोली छूटी, छ: भरी हुई मिलीं।"

पढ़ने के साथ प्यारेलाल के सिर से पैर तक नस-नस में बिजली दौड़ने लगी। सँभलने की लाख कोशिशें कीं, पर एक न चली। समाचार की नींव पर मनगढ़ंत की तरह-तरह की दीवारें उठाते-ढहाते रहे। मुख पर भिन्न-भिन्न भाव की रेखा खिंचती रही पर कोई निश्चय नहीं होता था। उनके अपने एक भाव में मन बालक की तरह मचल रहा था। अन्तस्तल की व्यक्त और अव्यक्त, सुप्त और जाग्रत सभी प्रकार की वृत्तियाँ हीरा की मृत्यु का विरोध कर रही थीं। उभरते उच्छ्वास में कोई उत्तर नहीं मिल रहा था। साहब के अत्याचार पर प्यारेलाल को विश्वास हो गया। उन्होंने निश्चय किया, हीरा निर्दोष थी। रह-रहकर हीरा के आचरण से उन्हें गौरव का अनुभव होता था।

इसी समय नौकर एक खत लेकर आया। प्यारेलाल पढ़ने लगे, लिखा था—

"पत्र पाते ही मिलो। कैसा ही काम हो, छोड़कर पत्रवाहक के साथ चले आओ। अधिक और क्या...?"

तुम्हारा
"अमर सिंह"

घोर घटाओं से घिरी अँधेरी रात में राह चलने के लिए चिट्ठी बिजली का काम कर गयी। लेकिन उसका कौंधना बन्द होते ही पहले से चौगुना अँधेरा आँखों के आगे छा गया।

प्यारेलाल जिस सादे पहनावे में मकान में थे उसी में चल पड़े। आगे-आगे पत्रवाहक, पीछे-पीछे प्यारेलाल। सड़कें और गलियाँ पार करते हुए न्यू स्ट्रीट पर पहुँचे! मोड़ पर न्यूस्ट्रीट पढ़कर प्यारेलाल एक दफ़ा सन्नाटे में आ गये। फिर सँभलकर आगे बढ़े। फिर पत्रवाहक को हीरा के मकान के अन्दर जाते देखकर प्यारेलाल बड़े ताज्जुब में आये। कुछ समझ में नहीं आ रहा था। यन्त्र की तरह पैर रखते गये। एक दासी ऊपर से नीचे उतरी और प्यारेलाल को साथ ले गयी।

चारों ओर सन्नाटा है। कमरे में उदासी की स्याही-सी फिरी हुई है। कुल खिड़कियाँ बन्द हैं। सारी सजावट पर काली चादर का एक ग़िलाफ़-सा पड़ा हुआ है। कौच पर एक युवक बैठा कुछ सोच रहा है।

प्यारेलाल कमरे में गये। सन्नाटे में प्यारेलाल की पिण्डलियों में कँपकँपी छूट गयी। देह में ऐसी जड़ता समायी कि चेहरा उतर गया। प्यारेलाल को युवक ने एक दूसरे कौच पर बैठाया फिर खुद भी बैठ गया।

प्यारेलाल–“अमर सिंह?”

अमर सिंह–“हाँ।”

रोते हुए अमर सिंह का गला बैठ गया था। आवाज़ भारी थी। इसी से शोक की सूचना मिलती थी। उनके दुःख से प्यारेलाल के हृदय में सहानुभूति नहीं आयी। उन्हें सन्देह हुआ।

हीरा की याद आयी। कुछ देर सोचते रहे। साँस छोड़ते समय उनके विचार की समाप्ति हो गयी, या लड़ी टूट गयी, हम नहीं कह सकते।

प्यारेलाल ने पूछा–“क्यों अमर सिंह, आज अख़बार में पढ़ा, हीरा का ख़ून कैसे हुआ? और तुम भी यहाँ कैसे आये? क्या हीरा से पहले की कोई जान-पहचान थी?”

प्रश्नों में भाव-परीक्षा की तीव्र गति थी, पागल की नसों में बहती रक्तधारा की तरह प्रबल। तट पर सिर पटकती तरंगों की तरह, श्रोता के मन में सन्देह के धक्के लगते थे। अमर सिंह को समझते देर नहीं लगी। वे बोले–“प्यारेलाल! (शोक की स्याही पर थोड़ी देर के लिए आँखों के एक कोने से दूसरे तक लज्जा की लाल रेखा खिंच गयी) ऐसे प्रश्न से तुम्हारा मतलब?”

प्यारेलाल (सन्देह की दृष्टि से देखते हुए)–“मतलब कुछ नहीं, यों ही पूछा। क्या तुम्हें बताने में एतराज है?”

अमर सिंह–“अब जब वह है ही नहीं तब अकारण क्यों उसका प्रसंग उठाते हो?”

प्यारेलाल कुछ उत्तेजित हो गये। कहा–“कैसी मित्रता कि मैं तुमसे एक बात पूछूँ और तुम टालते जाओ।”

अमर सिंह–“अच्छे समय मित्रता की आड़ लेते हो। तुम्हारी मेरी मित्रता का हीरा से संबंध? तुम्हारी मित्रता मुझसे है या हीरा से थी?”

प्यारेलाल से कोई जवाब न देते बना।

अमर सिंह–“मैंने सिर्फ़ एक दृश्य दिखाने के लिए तुम्हें बुलाया था।”

प्यारेलाल–“तुम तो ऐसे बदले...”

अमर सिंह–“मैं जमाने से अलग नहीं। जमाना बदलता जाता है।”

प्यारेलाल–“अमर सिंह, तो क्या इस तरह मेरा अपमान करने के लिए मुझे बुलवाया था?”

अमर सिंह–"मेरी समझ में नहीं आता कि तुम्हारा अपमान कौन-सा हो गया।" कहकर अमर सिंह मुस्कराये। प्यारेलाल के सिर से पैरों तक आग लग गयी। झुँझलाकर बोले–"किसका कहना आँख के सामने आया–विश्वस्तं नाति विश्वसेत्।"

अमर सिंह–"यह सहजोक्ति तुम मुझ पर क्यों लाद रहे हो? अच्छी तरह देखोगे तो अपने को इसका प्रमाण पाओगे।"

अमर सिंह मुस्कराये। मारे क्रोध के प्यारेलाल का चेहरा फिर लाल पड़ गया। गुस्से में आकर उठ पड़े और कहा–"अब मैं जाता हूँ। एक की जान गयी, और तुम्हें शरम तो है नहीं, उसके घर पर बैठकर हँसी उड़ाते हो। तुम्हारी मित्रता का मुझे अब पता चला।"

अमर सिंह–"मैं तुम्हें धन्यवाद देता हूँ कि तुम बात के एक ही धनी निकले। क्यों साहब उस दिन मैंने कहा था कि ये बातें भूल जायेंगी। मतलब निकलने के बाद लोग मुँह फेर लेते हैं।" प्यारेलाल लज्जित हो गये। अमर सिंह ने हाथ पकड़कर उन्हें फिर बैठाया। आग्रह की कोमल दृष्टि मुख पर फेर दी। कुछ देर कमरे में सन्नाटा रहा। प्यारेलाल के हृदय में अमर सिंह और हीरा के नाम उठ-उठकर फिर खलबली मचाने लगे। एकाएक उत्तेजना बढ़ गयी। प्यारेलाल ने अमर सिंह की कलाई पकड़ ली, परन्तु फिर न जाने क्या सोचकर छोड़ दी। आज ही प्यारेलाल को आग्रह की आन्तरिक पीड़ा का अनुभव हुआ था। पूछा–"अमर सिंह, तुम यहाँ कैसे आये? हीरा से क्या कोई पहले की जान-पहचान थी?"

अमर सिंह–"हाँ, थी।"

किसी ने प्यारेलाल का कलेजा पकड़कर मसल दिया।

प्यारेलाल–"कैसे हुई?"

अमर सिंह–"उस समय वह कानपुर में रहती थी।"

प्यारेलाल–"कानपुर में कहाँ?"

अमर सिंह–"मूलगंज में।"

प्यारेलाल–"क्या करती थी?"

प्यारेलाल की हालत ऐसी हो गयी जैसे कोई भूली बात याद कर रहे हों।

अमर सिंह–"करती क्या थी, पढ़ती-लिखती थी। इसकी एक छोटी बहन थी–शान्ता। पिता मालदार थे। कलकत्ते में भी कारोबार था। कुछ दिनों बाद पिता

का देहान्त हो गया। माँ लड़कियों को कलकत्ते ले आयीं। दोनों को गाना-बजाना भी सिखाने लगीं। रूप और सम्पत्ति दोनों के लोभ में लोग इन्हें बर्बाद करने की सोचने लगे। ये बड़े लोग ही थे, समाज में जिनकी इज़्ज़त है। छोटे लोग इनके आज्ञाकारी थे। यहाँ का इतिहास संक्षेप में समाप्त करता हूँ। इनकी माँ की भी अकाल मृत्यु हुई। सम्पत्ति नष्ट हो गयी। हीरा के लिए धनिकों के जाल बिछने लगे। मुसीबत-पर-मुसीबत का सामना उसे करना पड़ा। उसने अपनी इज़्ज़त बचायी। पर रोटियों के सवाल से बचाव नहीं हुआ। उसने परवाह नहीं की। गाना-बजाना जानती थी। नेक लड़की की तरह गाना गाकर रोटियाँ कमाने लगी। उसके बूढ़े उस्ताद उसके चरित्र के गवाह हैं और उसे मुसीबत के दिनों में राह दिखाते और बचाते भी रहे हैं। शान्ता की पढ़ाई जारी रही। वह बेथून कॉलेज की छात्रा थी।"

अमर सिंह का गला भर आया। आँखों से आँसू टपकने लगे। प्यारेलाल कुछ समझ नहीं सके कि शान्ता के प्रसंग से अमर सिंह रोने क्यों लगे। पूछा–"छात्रा थी तो क्या अब पढ़ना छोड़ दिया है? बहन की इस घटना में उसे बड़ी चोट पहुँची होगी। क्या उसे मैं देख सकता हूँ?"

"नहीं।" आँसू पोंछते हुए अमर सिंह ने कहा–"आपको कुछ देर बाद सही हाल मालूम हो जायेंगे। मैंने एक पत्र आपके लिए लिख रखा है। अपने डेरे चलकर पढ़ियेगा और मेरी आज की अस्वाभाविकता के लिए क्षमा कीजियेगा।"

यह कहकर अमर सिंह ने एक पत्र प्यारेलाल को दिया। पत्र पढ़ने की उत्सुकता से प्यारेलाल जल्द-जल्द विदा हुए। अपने डेरे पहुँचने से पहले ही खोलकर पढ़ने लगे। लिखा था–

"प्यारेलाल,

मैं अपने को कृतार्थ समझती हूँ कि तुम मुझे चाहते हो। यहाँ तुम जिस अमर सिंह से मिले वह मैं हूँ। वहाँ तुमसे जो अमर सिंह मिलते थे वह शान्ता थी। दम निकलते समय शान्ता ने घर के पते के साथ मेरा नाम कहा था। मतलब वह मेरे मकान में रहती है। आगे अपना नाम और बाक़ी बातें कह नहीं सकी। बोल बन्द हो गया। संवाद-पत्र की ख़बर के बाद मुझे देखकर तुम चौंकोगे, सन्देह करोगे, इसलिए दुःख से मुझे अमर सिंह के कपड़े पहनने पड़े। कल संवाद-पत्र में सही ख़बर छप जायेगी।

"तुम्हारी हीरा"

हिरनी

कृष्णा की बाढ़ बह चुकी है; सुतीक्ष्ण, रक्त-लिप्त, अदृश्य दाँतों का लाल-जिह्वा योजनों तक, क्रूर, भीषण मुख फैलाकर प्राण-सुरा पीती हुई मृत्यु ताण्डव कर रही है। सहस्रों गृह-शून्य, क्षुधा-क्लिष्ट, निःस्व, जीवित कंकाल साक्षात् प्रेतों-से इधर-उधर घूम रहे हैं। आर्तनाद, चीत्कार, करुणानुरोधों में सेनापति अकाल की पुनः पुनः शंख-ध्वनि हो रही है। इसी समय सजीव शान्ति की प्रतिमा-सी एक निर्बास बालिका शून्यमना दो शवों के बीच खड़ी हुई चिदम्बर को देख पड़ी।

"ये तुम्हारे कौन है?" शवों की ओर इंगित कर वहाँ की भाषा में चिदम्बर ने पूछा।

बालिका आश्चर्य की तन्मय दृष्टि से शवों को कुछ देर देखती रहकर शून्य भाव से अज्ञात मनुष्य की ओर देखने लगी।

चिदम्बर ने अपनी तरफ़ से पूछा–"ये तुम्हारे माँ-बाप हैं?"

बालिका की आँखें सजल हो आयीं।

चिदम्बर ने सस्नेह कहा–"बेटी, हमारे साथ डेरे चलो, तुमको अच्छा-अच्छा खाना देंगे।" बालिका साथ हो ली। उसकी अन्तरात्मा उसे समझा चुकी थी कि उसके माता-पिता उस नींद से न जगेंगे। उसे माता-पिता को सचेत करने का इतना उद्यम पहले कभी नहीं करना पड़ा–यही उसके प्राणों में उनके सदा अचेत रहने का अटल विश्वास हुआ।

पहले चिदम्बर ने अच्छी तरह उसे अपना दुपट्टा पहना दिया फिर उँगली पकड़कर धीरे-धीरे डेरे की ओर चला, जो वहाँ से कुछ ही फासले पर था। अकाल-पीड़ितों की समुचित सेवा के लिए मद्रास के 'पतित-पावन संघ' के प्रधान निरीक्षक की हैसियत से संघ को साथ लेकर चिदम्बर वहाँ गया था।

कुछ दिनों बाद धन-संग्रह के लिए चिदम्बर को मद्रास जाना पड़ा। शिक्षण-पोषण के लिए अनाथ-आश्रम में भर्ती कर देने के उद्देश से बालिका को भी साथ ले गया। वहाँ जाने पर मालूम हुआ कि राजा रामनाथ सिंह रामेश्वर जी के दर्शन कर कुछ दिनों से ठहरे हुए हैं, उसे मिल आने के लिए बुलावा भेजा था। चिदम्बर के पिता जज के पद से पेंशन लेकर कुछ दिनों तक राजा साहब के यहाँ दीवान रह चुके थे; उन दिनों चिदम्बर को पिता के पास युक्तप्रान्त में रहकर प्रयाग-विश्वविद्यालय में अध्ययन करना पड़ा था। अब उसके पिता नहीं हैं।

संवाद पा राजा साहब से मिलने के लिए चिदम्बर उनके वासस्थल को गया। बाढ़ की बातचीत में बालिका का प्रसंग भी आया। चिदम्बर उसे अनाथ-आश्रम में परवरिश के लिए छोड़ रहा है, यह सुनकर कारुण्य-वश राजा साहब ने ही उसे अपने साथ सिंहपुर ले जाने के लिए कहा। चिदम्बर इनकार करे, ऐसा कारण न था; बालिका रानी साहिबा की देख-रेख में, उन्हीं के साथ, उनकी राजधानी गयी।

आठ साल की लड़की रानी साहिबा की दासियों से स्नेह तथा निरादर प्राप्त करती हुई, उन्हीं में रहकर उन्हीं के संस्कारों से ढलती हुई धीरे-धीरे परिणत हो चली। वहाँ जो धर्म दासियों का, जो भगवान रानी से सेविकाओं तक के थे, वही उसके भी हो गये। झूठा अपराध लगने पर दासियों की तरह वह भी क़सम खाकर कहने लगी–“अगर मैंने ऐसा किया हो, तो सरकार, सीतला भवानी मेरी आँख ले लें।” वहाँ सभी हिन्दी बोलती थीं, पर जो मधुरता उसके गले में थी, वह दूसरे में न थी; जैसे हारमोनियम के तीसरे सप्तक पर बोलती हो। रानी साहिबा उससे प्रसन्न थीं, क्योंकि दूसरी दासियों से वह काम करने में तेज़ और सरल थी। उसका नाम हिरनी रखा था। वह जिस रोज़ रनवास में आयी थी, तब से आज तक, उसी तरह, अरण्य की, दल से छँटी हुई, छोटी हरिणी-सी, एकाएक खड़ी होकर, सजगदृग, पार्श्व-स्थिति का ज्ञान-सा प्राप्त करने लगती है कि वह कहाँ आयी, यहाँ कोई भय तो नहीं। दृष्टि के सूक्ष्मतम तार इसी पृथ्वी के परिचय से नहीं, जैसे शून्य आकाश से बाँधे हुए हों; जैसे पृथ्वी पर उतारकर विधाता ने एक भूल की हो। उसके इस भाव के दर्शन से ‘हिरनी’ नाम, कवि के शब्द की तरह, रानी के कण्ठ से आप निकल आया।

वही हिरनी अब जीवन के रूपोज्ज्वल वसन्त में कली की तरह मधुसुरभि से भरकर चतुर्दिक् सूचना-सी दे रही है कि प्रकृति की दृष्टि में अमीर और ग़रीब वाला क्षुद्र भेद-भाव नहीं, वह सभी की आँखों को एक दिन यौवन की ज्योत्सना से

स्निग्ध कर देती है; किरणों के जल से भरकर जीवन में एक ही प्रकार की लहरें उठाती हुई, परिचय के प्रिय पथ पर वहाँ ले जाती है; जो सबसे बड़ी है, जिसके भीतर ही बड़े और छोटे की नाप में भ्रम है, वह स्वयं कभी छोटे और बड़े का निर्णय नहीं करती, उसकी दृष्टि में सभी बराबर हैं, क्योंकि सब उसी के हैं। उसी ने हिरनी में एक आशा, एक अज्ञात सुख की आकांक्षा भी भर दी, जिससे दृष्टि में मद, मद में नशा, नशे में संसार के विजय की निश्चल भावना मनुष्य को स्त्री के प्रणय के लिए खींचती रहती है।

इसी समय इंग्लैण्ड से शिक्षा प्राप्त कर रामकुमार घर लौटे थे, और दो-तीन बार हिरनी को बुला चुके थे। रानी दूसरी दासियों से यह समाचार पाकर हिरनी का विवाह कर देने की सोचने लगीं। वहीं एक कहार रामगुलाम रहता था। नौजवान था। रानी साहिबा ने उससे पुछवाया कि हिरनी से विवाह करने को वह राजी है या नहीं। वह बड़ा ख़ुश हुआ, उत्तर में अपनी ख़ुशी को दबाकर रानी साहिबा को ख़ुश करने वाले शब्दों में कहा–"सरकार की जैसी मर्जी हो, सरकार की हुकुमअदूली मुझसे न होगी।"

विवाह में घर वालों की राय न थी। रामगुलाम बाग़ी हो गया।

एक दिन उसके साथ हिरनी का विवाह प्रासाद के आँगन में कर दिया गया। हिरनी पति के साथ रहने लगी। साल ही भर में एक लड़की की माँ हो गयी।

दो साल और पार हो गये। रानी साहिबा का स्नेह, हिरनी के कन्या-स्नेह के बढ़ने के साथ-साथ, उस पर से घटने लगा। जिन दासियों की पहले उसके सामने न चलती थी, वे ताक पर थीं कि मौका मिले, तो बदला चुका लें।

एक दिन रानी साहिबा ताश खेल रही थीं। पक्ष और विपक्ष में उन्हीं की दासियाँ थीं। श्यामा उर्फ स्याही उन्हीं की तरफ़ थी। मौका अच्छा समझकर बोली–"सरकार को हिरनी ने आज फिर धोखा दिया; मैं गयी थी, उसकी लड़की को जूड़ी-बुख़ार कहीं कुछ भी नहीं।"

लड़की की बीमारी के कारण हिरनी दो दिन की छुट्टी ले गयी थी। रानी साहिबा पहले ही से नाराज़ थीं। अब धुआँ देती हुई लकड़ी को हवा लगी, वह जल उठीं। रानी साहिबा ने उसी वक़्त स्याही को एक नौकर से पकड़ लाने के लिए कहने को भेज दिया। स्याही पुलकित होकर बूटा सिंह के पास गयी। बूटा सिंह से उसकी

आशनाई थी। बोली–"सरकार कहती हैं, हिरनी का झोंटा पकड़कर ले आओ, अभी ले आओ, बहुत जल्द।"

बूटा सिंह जब गया, तब हिरनी बालिका के लिए वैद्य की दी एक दवा अपने दूध में घोल रही थी। बूटा सिंह को मतलब समझाने के लिए तो कहा नहीं गया था। उसने झोंटा पकड़कर खींचते हुए कहा–"चल, सरकार बुलाती हैं।"

प्रार्थना की करुण चितवन से बूटा सिंह को देखती हुई हिरनी बोली–"कुछ देर के लिए छोड़ दो, मयना को दवा पिला दूँ।"

घसीटता हुआ बूटा सिंह बोला–"लौटकर दवा पिला चाहे ज़हर, सरकार ने इसी वक़्त बुलाया है।"

स्याही उसे साथ लेकर ऊपर गयी। हिरनी, रानी साहिबा की मुद्रा तथा क्रूर चितवन देखकर काँपने लगी।

रानी साहिबा ने हिरनी को पास पकड़ लाने के लिए स्याही से कहा–स्याही ने ज़ोर से खींचा, पर हिरनी का हाथ छूट गया, जिससे वह गिर गयी, हाथ मोच खाकर उतर गया।

रानी साहिबा क्रोध से काँपने लगीं। दूसरी दासियों को पकड़ लाने के लिए भेजा। इच्छा थी कि उसका सर दबाकर स्वयं प्रहार करें। दासियाँ पकड़कर ले चलीं, तो रानी साहिबा को आँसुओं में देखती हुई, उसी अनित्य हिन्दी में हिरनी क्षमा-प्रार्थना करती हुई बोली–"सरकार, मेरा कुछ कुसूर नहीं है।"

पर कौन सुनता है, उससे रानी साहिबा की सेवा में कसर रह गयी है।

जब पास पहुँची, उसको झुकाकर मारने के लिए रानी साहिबा ने घूँसा बाँधा।

हिरनी के मुख से निकला–"हे राम जी!"

रानी साहिबा की नाक से खून की धारा बह चली। वह वहीं मूच्छिंत हो गयीं। हिरनी के बाल, मुख उसी खून से रंग गये।

डॉक्टरो ने आकर कहा–"गुस्से से खून सर पर चढ़ गया है।"

तब से ज़रा भी गुस्सा करने पर रानी साहिबा को यह बीमारी हो जाती है।